群蟻飛舞

沙究

目次

序

不安的美學

周志文

沙究的小說集《群蟻飛舞》要出版了，做為他四十多年好友的我，當然欣喜無比，特別是他近年身體有些病痛，卻憑著生命本質的毅力克服了災難，這成就顯得更為不易，當然更為可喜。

平日的沙究，簡易平和，個性有些內向，說起話來，有一些吞吐，乍聽令人無法完全領會，一句話總要說上幾次，有時要加點手勢，特別強調句中的哪一個字或哪個詞，聽的人才會明白，這是他害羞的緣故。他不是滔滔不絕式的人物。我喜歡他，倒不是因為孔子說過剛毅木訥近仁之類的話，而是喜歡他語言的方式，我覺得語言上有時詞不達意，反而蘊涵了更多可探索的材料。

他小說裡的人物，都是世界上最邊緣的人物，那些人物大多數是讀過書的知識份子。他們原來的位置，也許不算核心，但絕對不是邊緣，然而他們都在與世接觸之後，不斷的「降等」自己，放棄與世相容，也讓世界容不下自己，這樣終成邊緣。

沙究當然不是這樣的人物，但他對這類人物或故事深感興趣，他特別在意人性裡的堅忍素質，看看它是否能幫助人通過壓力的檢驗。所謂英雄，就是通過最多壓力檢驗的人，而沙究的結論往往是，一個人即便用盡力氣、使盡謀略，面對命運，終是不敵。

他著重緊張情緒的描寫，故事好像都有一段如夢魘般的過程，都是質量很重的文字，讀來令人驚豔，有時候也令人感到驚嚇。〈群蟻飛舞〉中主角到廟裡會女友，卻碰到兩派人馬爭奪廟產，突然群眾驚散，廟埕上空湧出的成群飛蟻，象徵意義，不言可喻。〈疾行車窗〉的最後一段：

她從遠處急速跑來，一株株綠荷隨之霍霍往前仆倒，解開上衣裸露雪白的乳房，顫動中盤貼幾隻黑鬱圓滾的血蛭，「沙將唷，沙將唷，」叫著，髮絲飛散遮蓋整個臉面，看不出那是歡愉或痛苦的表情。我耳際充盈慰安的柔語，分不清那是來自莫麗或母親的呼喚。

「沙將」是沙究名字另一種日式讀法。「雪白的乳房」對沙究而言是少年時的驚夢，而血蛭更有恐怖的象徵。沙究少時有這樣的經歷，一個奶漲的女老師在他面前擠奶，硬要前面的可憐男孩整杯喝下去，請看沙究的描寫：

老師高舉玻璃杯，看看自己沾濕的衣襟，再看著我，將玻璃杯湊到我鼻尖：「很香，就喝下去罷。」

這段描寫，確實令人不寒而慄。面對女性「慰安的柔語」，沙究其實有著最痛苦難安的心情。在〈街口即景〉這篇很短的故事中，對丈夫深感厭倦的梅香從外面提了一條還活著的草魚回來，放到水槽中讓牠自己死透，然後用了一大堆文字敘述她如何殺魚去鱗的細節。眼前魚的內臟與血跡，令她想起很久之前男友車禍死亡的往事，她壓抑自己的罪惡感，為當下殺魚的事做了解釋，說：「當它孵生為魚時，早就註定這種下場。」這時無知的丈夫從外回來，問她魚可以吃嗎？結局是：「梅香湊身進前抱住丈夫直挺挺的腰，躲入他臃腫的肚皮，發出尖聲啜泣。」像這樣驚聳的描寫，在這本書中屢屢出現，當然需有極慎密老成的「筆力」才克如此，但做為長年老友的我卻想到另一件事，原來一個人心中的波瀾，不是能從表面輕易看透的。

諸如此類，一下子是說不完的。沙究的文學，不是細柔的「唯美」文學，他的「月色」與「早晨」，不是朱自清與徐志摩式的。如果跟他一起到維也納聽音樂會，他不買布魯克納與馬勒的票，反正那些熱門的票早已賣光，他對冷門的荀伯格與阿班貝格比較興趣，到處打聽有沒在演出，可惜這個音樂季，一場他們的音樂會也沒有。如果跟他逛美術館也一樣，他喜歡冷凝又有點抽象的作品，他曾一度熱衷藝術上的「超現實」，像達利、米羅那樣的，那種藝術很少讓人平靜，它危機的觸手常探觸到人類最深的神經，總是令人不安。說起不安，沙究幾乎有點「病態」的以不安為美，他對平衡妥適沒太大的興趣，凡事一帆風順，也不是他想追求的，當一件事、一個人，總是「喬」不攏，當世界危巔巔的正要崩塌的那一刻，反而是他最注視的或最期待的。

沙究在「沉寂」二十年後又推出這個作品，顯示他內心波動並未停止，俗語說哀莫大於心死，他一點都沒有自哀自嘆的意思，他骨子裡的生命猶健壯堅強無比。他特殊的美感經驗，喚醒我們某些沉睡了的意識本能，他冷靜的筆觸，撩撥了我們心中已忘記存在的那根細弦，發現自己原來也是可以發出一些與眾不同的聲音的。

二〇一六年三月十八日，序於台北市永昌里舊居

天廈

1

習慣上大家將這棟大樓稱作飛碟大廈。根據言傳，五、六年前，這棟號稱全市最高的六十層建築，預售推出不久，最頂兩層即被一群不明飛行物熱愛者集資購去。落成之後樓房開始運作，各地研究飛碟的頂尖人物蜂擁而至，為大廈樹立盛名，於是稱謂傳呼至今。

我們當然不可能站立底層前小廣場，瞻仰它的全貌。最佳觀賞地點應該是隔著馬路，二、三百公尺遠公園入口處的行人磚道，路前少有遮攬，肯稍走動，可以看到建築物四分之三的景觀；方形建築，每隔十層寬度逐漸上縮，像塊塔形生日蛋糕，最高層級的空間，只剩一根類如蠟燭的短線穿刺天際。

不難想像，最頂兩層其實並無多大空間。除了那一小撮產權擁有者，誰也無法真正清楚裡面究竟搜集多少不明飛行物的資料，電子通訊設備的容積量，或天體望眼鏡的口徑。由於須經嚴格篩選，有資格登躋頂樓的人並不多，上去過的人往往基於專家氣格，若被詢問，常只論及專業知識，不願多談旁歧的內部陳列擺設，以致在漸增的一般飛碟狂熱者眼中，它透著一層令人癡迷不已的神秘。他們自覺缺乏足夠的物理學識以資判斷，任何從上面帶下來的訊息，愈是違反人間邏輯，愈讓他們興奮。例如曾經徘徊淡水河上空，往觀音山方向作直角彎轉快速飛離的聚光，頂樓正式宣布列入飛碟出現台灣的紀錄，為此，飛碟狂熱者群聚淡水河三號水門的河岸新生地燃放沖天煙火，歌舞狂歡大肆慶祝。

那兒儼然成為他們心靈的神聖殿堂，滿足這些人將渺小生命擴充到遙遠宇宙的卑微期待……。

最風光的年代是大樓完成三個月後，異國拜月教教主亞當斯奇（Adamski），遠由紐約搭乘華航班機與他的一批隨從訪問台灣的那次。

亞氏聲稱到過月球永遠背向地球的那個黑暗面，隱微晦光下，親眼目睹山巒起伏的茂密樹林間停駐無數盤狀飛碟，並有照片為證。

歡迎儀式在一群崇拜者的策畫下熱烈展開。亞氏下榻該大廈第三十九層福星客棧總統套房，平居恬靜簡樸的亞氏及其隨從拒絕本地報刊和電視台任何採訪，但樂意在最高頂層當場為信徒與月球通訊聯絡。

現身說法當日，場面熱鬧非凡，轟動整個大台北。避免阻礙交通惹來治安當局的干涉，頂樓飛碟研究社的人員將會場設在公園，四個顯著角落架設整幅面積的電視牆，讓雲集的崇拜者從閉路電視中親炙亞氏風采。台北市區有史以來群眾會聚沒有比那次更有秩序，所有崇拜者在電視牆附近找到位置，便默坐靜待，即使孩童也被肅穆的氣氛感染，收斂嘻笑偎依父母身旁。入夜以後，路燈若有若無彷佛飄浮虛空，夏日盛綻的花樹迎風微顫，大街偶爾傳來斷斷續續的汽車喇叭聲，公園一片岑寂。

霍然，電視光幕齊亮，像交織的火花迸散異彩，亞當斯奇獨自站立頂樓陽台面對黯鬱夜空，左手環抱凹凸鐫鏤的版塊，右手高揚直指暗空中的那輪明月，電視牆響起「阿羅哈呵，阿羅哈呵」的持續低吟。敏感的崇拜者都把頭調轉大廈，璀璨的雷射光束一波波自頂樓往月球投射，而後光束不斷旋轉，為夜空裝飾一朵潔淨瑰麗的素蓮，公園靜坐的人群不約而同跟隨教主亞當斯奇「阿羅哈呵，阿羅哈呵」輕柔呼喚……

2

對這場聚會有關當局抱持怎樣的態度，我們不得而知，那時節，這種隨時可能引發變數的龐大群集，當局存有相當戒心。主辦人又如何能夠獲准在公園集會，大肆鋪張招搖？據公園會聚者耳語相傳，亞氏蒞臨的同時，美國參議院數位有力的參議員曾經分別電傳外交部請求禮待協助。可是電視台無法實況轉播，報紙刊登的新聞遇到拜月教關鍵處常語焉不詳，伴隨亞氏歸國，整個事件逐漸淡化，又回歸到原初一小撮飛碟熱愛者徘徊公園附近，互探不明飛行物的消息而已。

引人側目的是，亞氏離台後四十層樓以上的房價一夕暴漲，這點頗出乎社會大眾預料。大樓建造之初，地球科學界的碩彥，對地處環太平洋地震帶的台灣島，是否適宜營蓋如此高度的大樓提出嚴重質疑；地質學家甚至繪製全市斷層帶提供參考。「笑話！單純的樓房建造，難道要去考慮萬年才可能循環一次的地層變化嗎？」儘管投入龐大資金的建商嘶聲反駁，大樓的預售量依然黯淡，乏人問津。自從亞當斯奇駕臨此地和月球通訊，一種半公開的秘密，透過不明飛行物研究團體迅速擴散；這棟大樓四十層以上的每個角落，蘊藏天外罩臨的特殊能量，正如埃及庫夫金字的某個特定位置，能夠讓牛肉脫水或滿布疙瘩的剃刀去鏽，居住其間可以避免細胞老化，增強體力延年益壽。

一些易經物理學教授，風水堪輿師和研究生機學的社會名流也加入這段波瀾。有的引經據典說明天道衰旺循環其來有自，有的在所屬專業雜誌撰文闡釋宇宙的「能」，認為宇宙確實存在一種比電子還小的能質，稱為「些子」，密布肉眼看不到的宇宙極其奧秘地放射它的能量。他們公開做過實驗，將數日不供食垂斃的狗隻和縮頭烏龜放進大樓第四十層，不多久烏龜昂仰漫步，四處優游蹓躂，奮起的狗，豎直毛髮，精神矍鑠，汪吼與之對峙。

學者名流和頂樓飛碟研究社有什麼確切關聯無法考察，在學界裡，理論系統類似，相互奧援的頗為多見。深信不疑而且資財雄厚的人紛紛來到大樓第九層面東占地二百餘坪的房屋仲介公司交易大廳，俊美體貼的男女櫃員鎮日忙碌，應付各種不同因緣際會顧客的叫價出價。

房價愈炒愈炙，漲到最後，慢了一步的有錢富貴當中比較精打細算的，寧願放棄多活幾年而不敢參與喊價。

最為氣懊的是購買三十層到三十九層的福星客棧總裁，他原本屬意從第四十層買起，由於其他無知董事群起反對，以致平白喪失千載難逢的這窟金礦。

捷足先登的幸運買主，因應市場強烈需求，將自己購置的部分繁細切隔為一間間小套房再轉售出去。蠢動的悲憫心懷左右他們的決定：「既然目的都在獲得從月球投射的『些子』，只要擁有和身籠罩的空間，讓別人分潤又何妨？」

「能夠重拾青春和健康，付得起，多花點錢有什麼關係？」蹭身交易大廳喊價標購的大部分買主這麼想。

當然還有一些嗅覺敏銳的投機客，以及眼見有暴利可得又不耐居住環境侷促吵雜，或是借貸購買，債主臨門無力償還，不得不忍痛脫手的各形各式買主，賣主，熱絡撐持各種交易的場面。

大樓居民漸住漸多，為了這批高消費群的方便，價額相差許多的三十層樓以下，陸續駐進金融機構，超級市場，百貨公司，各式中外高級餐廳，以及廁雜其間的公司行號。翻開市區大樓銷售史，幾乎找不到像這棟基座廣達二千多坪大廈，先從四十層以上開始興盛的特例，一時蔚為市民茶餘飯後的熱興話題。

四、五千人擁擠若蜂窩蟻巢的二十層樓，這些富豪巨戶究竟如何生活起居，因為各自封閉，外界很難清楚。但相互間隔的狹窄空間，一如傳說中，古代西亞加爾底亞帝國的巴貝爾塔，混亂情形應可想像。就拿吃飯時間來說罷，三十幾部電梯上上下下川流不息，樓梯間站滿等候的人潮，餐廳一位難求。清晨，大廈居民湧入公園展開健身運動，警方受命加派人手巡邏，以防暴徒類覬覦他們的財富。附近中小學加入一批新來嬌客，皮膚細嫩木訥偏食，教師束手無策。入夜以後，歌台舞榭樂聲嘹亮，提供大廈居民漫夜掌握美女細腰，杯觥交錯的酣歡，保全人員架起鷹隼的厲眼過濾進出大樓的訪客，無止無息四處監控。

賣掉陽明山仰德大道旁占地千餘坪的花園洋房，才換得大廈第五十二層十坪大小套房的老先生，在接受雜誌社的訪問說：

「比起獨門獨戶的陽明山住宅，日常生活起居的確不太方便，電梯自幾十層樓高的地方直落，常令我心神昏眩；可是有天外飛來的宇宙線貫注體內，彭祖般的高壽可期，心情也就舒坦多啦。」

「你認為這棟建築挺得住八百年嗎？」記者問。

「我們那有閒情管這些，」他敞開臉色紅潤的暢笑：「住這裡的人只服膺第六十層傳下來的指示，從月球來的任何訊息都和我們幸福攸關。」

自認生命能源飽滿，長壽客自居的這些嶄新族群，如何和外界取得生態平衡呢？

有國會議員提出質詢，要求財政部門密切注意這棟大樓不正常的炒價。

「我們一直在注意啊！」財政部官員答覆：「可是依自由經濟原則，活潑的市場交易外力不應干涉，何況每完成一筆買賣，政府便多一份稅收。」

至於憑藉勞力賺取生活已經占據全部心力的一般市井小民，依他們的觀點，這是有錢人家的把戲，他們沒有餘力置喙。

大廈彷彿自成一個王國，住戶閒來無事常踱到第九樓房屋仲介公司觀看牌價。遇到談得來，也有足夠資產躋登大廈的問價客，他們會邀請到西餐廳喝杯純正牙買加藍山咖啡，暢談大廈的諸種好處。

「你要相信先知亞當斯奇，在沉淪迷失的當今社會，有中心思想，生命才有意義……」

話匣子就在這樣歡愉的氣氛下暢開。

3

事實上，頂樓飛碟研究社從未下達什麼嚴肅的指令，他們之間的聯繫僅靠一座閉路電視發射台，以貝多芬〈快樂頌〉為背景音樂，重複播放亞當斯奇的傳音，銀河系天體異動及各型飛碟的介紹。亞氏回國十個月中間，除了阿里山曾經出現一組排列整齊有待鑑定的光點之外，頂樓再也沒有完成一樁不明飛行物的事件報告。

資訊傳遞快捷的年代，競相搶駐大廈的人群難道只因縮頭烏龜的試驗和亞當斯奇的影象，便憨傻出高價居住極其不適的狹窄空間？

後來我們才得知，四十層以上的居民各懷一張閃亮的白金磁卡作為身分證明，等候亞當斯奇再次駕臨帶領他們遨遊月球，正式註冊為上通天外的宇宙公民，大家曾經分別按號碼排列前往頂樓，躺臥一張類如牙醫診椅的控制機，直視漫空，刷卡驗證白金磁卡的效力，像似冬眠後乍見暖陽，獲得難以言喻的幸福感。

這則經嚴格宣誓信守的共體秘密，肇因於該大廈起了結構性變化，社會大眾方始有機會窺知一二。

中秋節那天晚上，居民自治管理單位包下福星客棧會議廳舉行進住後第一次交誼舞會。室內樂團奏起大家熟悉，改編為藍調的〈快樂頌〉，盛裝的男女住民相互擁簇紛紛投入舞池。突然有人衝進來，按住樂隊指揮的肩膀，拿起麥克風高聲朗宣從閉路電視聽到頂樓遞下的消息：幾天前，拜月教教主亞當斯奇在美國維吉尼亞州的一處小農莊向徒眾宣揚愛和仁慈，俯身祝福一位年輕母親懷抱中的新生嬰兒，就在那刻安詳微笑逝去，本地追悼儀式正籌備進行。

大廳裡眾人面面相覷，鴉雀無聲。片刻靜默之後，一位蒼髮老婦用力推開她的舞伴，步履蹣跚踱到舞池中央，卸下胸前串珠狠狠丟擲，握緊枯細多斑的拳頭淒嚎：「亞當斯奇本人七十歲都沒活到，我們還希望什麼！」接著響亮的啜泣聲傳遍整個大廳。

哀傷的氣氛瀰漫，像凝滯的凍水匯注暖流，氾濫成澎湃的激盪，透過麥克風有人嘶厲呼喊：

「什麼追悼會！我們傾盡家產住進這裡，唯一祈求的是長壽，宗教勸善的軀殼浮表對我們有屁用！要信教，台灣多得是！」

居民自治管理單位的主席率先離開客棧會議廳，尾隨一群人，乘坐電梯直上頂樓，不顧保全人員的攔阻，叫開飛碟研究社大門，辦公室只剩嘴裡尚且啃咬饅頭的管理員——一個聾啞老者——使起一如沉溺水中的求救本能，雙手不停往空中划劃，啞啞咿唔。

飛碟研究社的人全不見啦，操縱室地板上散亂幾只白蘭地空瓶，靠窗的偌大魚缸，六隻手掌大的烏龜擺弄各種姿態，旁邊脫水的褪色花束荒涼萎垂木架上。群夥憤怒踢翻曾經讓他們感受幸福的控制機，從紙箱抱起疊疊白金磁卡到處拋灑。

灰暗燈光下，一百二十吋電視螢幕上，亞當斯奇兀立蔚藍的湖畔，「阿羅哈呵，阿羅哈呵」地叫著，一閃一閃的泛光照耀四周粉白牆壁上的飛碟圖片，清晰的晃影彷彿一具具不斷旋轉的實體，勢欲破窗飛射出去。

4

往後的日子，大廈充斥憤怒不安與喧鬧吵嚷很容易理解，從亞氏死亡，長壽絕望到族群解體的整個過程，林林總總，脫離不了人類既知的行為反應模式。

房價一落千丈，有行無市，即使認栽賠售，也得聯合鄰居勉強併湊成相當坪數才得以賣出。

曾在住民心中樹立無上權威的飛碟研究社六個成員從此不再出現。政府機關登記為社團負責人的竟是那位聾啞老人，他依舊不明就裡鎮坐頂樓，終日忙著照顧魚缸中的異類並修整被搗毀的道具。

有人將矛頭指向鼓吹宇宙線「些子」理論的雜誌社，查探他們和飛碟研究社可能的勾結詐騙。雜誌社不僅在報紙刊登巨幅鄭重否認，並且當期雜誌以顯著的篇幅澄清立場，他們說：「……本社一向採取客觀平衡的報導，毫不偏頗地介紹宇宙奧秘與大眾。亞氏訪問台灣之前，本刊就曾登載天文學泰斗海涅克博士（J. Allen Hynek）受訪暢談不明飛行物的譯文，文中海涅克博士站在科學家理性立場，宣稱亞當斯奇為人類有史以來最大的騙徒之一，他的論點完全非邏輯，對天文學和物理學一竅不通……」

報紙喧騰一陣子，並有諸多評述。有人拿三十多年前地下錢莊倒閉事件與其類比，勾勒人性貪欲蒙蔽理智的愚騃；社會學家取它為案例，揭發群眾心理的盲點，呼籲政府重視文化建設，擴充國民的心靈深度；另有站在商家貿易觀點，暗示它是本世紀最富創意的卓越推銷術。

顯見的，所有餘波蕩漾宣洩殆盡之後，似乎沒什麼再引人入勝的故事啦。事件漸漸平息，風光神秘的飛碟大廈，從事不關己的社會大眾記憶中，抹淡為恍真似假的虛幻影像。

與長壽絕緣的大廈居民迅速大量遷移，一間間房室遂被打通，運載廢材廢料的卡車據說足足花費數月的時間。除了少數仍不屈服的一些人依然駐留，偶爾到頂樓陽台望月徘徊：憑弔星河，新的族群掌握大樓優勢，都會生涯繁忙緊張，大樓建造伊始的那則陳跡，大家也就不再有閒情逸致去顧盼啦。

黃昏時候，落日餘暉映照大廈銀色玻璃，與遠方橘紅色的天際相互渲染，迷濛暗色逐漸降臨，附近公園含笑花的濃香四處飄散，由樹叢望去，大廈間次開啟的室內柔光，結構成一幅動人的光燦圖案。

5

我研究飛碟大廈事件始末有年，在我從事社會調查生涯中，尚未遇到一樁如它那般抓不住明確的訊號，為手頭累積的資料做個總結。

倒不是為數不少的富豪憧憬長壽，或心血來潮時操縱閉路電視按鈕，向少數沒有搬離的住戶重複播放大家前所熟悉的錄影帶。幾次造訪，老人對我的問話不曾有所反應，僅僅睨著眼睛任我摸索翻閱。直到一天我帶上一盒包裝精緻的古巴雪茄，他才興奮啞啞張口。我們以最原始的手勢比畫加上圖繪交通，費盡心力，終於讓他了解我在詢問研究社人員的去向。他拿一張白紙勾畫六個旁伸觸鬚的圓圈，還意猶未盡地拉我靠近玻璃魚缸，不停顫指緩動的六隻烏龜，驚駭急喘。

他的意思難道指謂飛碟研究社的六人，隨著亞當斯奇的死亡，全部幻化為烏龜？有誰會相信呢？

即使現住大樓的新戶，也都認識一位體貌姣美叫做秋子的中年婦人。她每天流連大樓餐廳、百貨公司等公眾場所宣揚博愛和仁慈的道理，柔巽的嗓音經常吸引許多人傾聽她暢遊月球的經過：「當慈愛的強度增漲到無比充沛的時候，你就有資格翱翔天際每個角落，崎嶇不平的月球只是其中一個小站……」

我和她幾度照面，並且親到她座落大廈五十層的小套房錄音訪問，為印證月球經驗的確實無疑，她甚且敞開上衣，指著胸前像似齒鑴的兩個紅斑：「這宇宙公民的甜美印記，就是我河漢碧落暢行無阻的憑據。」

如果要我相信，我寧願付出較多的同情相信她時運不濟的事實。倘使她有亞當斯奇一半幸運或有牽動人群的魅力，同樣宣稱到過月球成為宇宙公民的她，也不必為了能夠在我面前袒胸而沾沾自喜罷？

問題卡在這裡難以解決，我只得轉向知識範疇外去求援，條理紊亂的思緒，將何時大廈居民的「信」視為「天啟」一類的觀照。

所謂「天啟」，較合理的解釋應該是：人群內底幽深意識，藉助天象人事的糾葛，以人智外的方式互相產生共鳴。標榜脫離塵俗羈絆的宗教如此，專事駕馭他人的權威人物形象塑造亦復如此。

飛碟研究社將邈遠的天際巧妙拉近為可以目視的月球，人群期待臻至天外獲得長壽的共鳴下，憑藉塑造的權威形象得到被「信」的基準，以一部上達下效的閉路電視發號施令，鼓舞眾人競相住進大廈，形成無可抵禦的浪潮之後，震撼人心的異象尚未有效累積，整個系統卻出現亞當斯奇的故障，天啟轉眼成空，終致遭受天譴，化作六隻烏龜等待有朝一日的救贖……

這樣的思維分析，或許比較貼近事象真實罷。

6

我絕對無意站在社會教化立場，以指桑罵槐的方式，諷喻飛碟研究社的成員詐欺敗德，而給予烏龜的封號。聾啞老人悚慄張口指著魚缸烏龜的事實，我絲毫沒有添油加醬。

儘管認為自己的研究已經趨致事實真相，對於下結論我仍有猶豫。因為支持我研究的基金會絕不可能接受「天啟」一類的結論報告。缺乏理性推求的直接證據，整個事件啟鑰的飛碟研究社成員依然不見蹤影，我不得不頹然擺下，請求基金會准許暫時擱置，進行其他事件的社會調查，以致手頭龐大的資料被我封凍二三年。

直到新近，約在三個月前，已經改流行以「萬國通商大樓」稱呼的飛碟大廈，發生感覺裡似曾相識的事件，觸動我再次翻閱封存的舊資料，探尋蟠結，伺機結案。

這則至今尚未偵破，頗為轟動的搶案，綜合各項報導，經過大概這樣：

下午一時左右，三個匪徒衝進十五層一家法式餐廳，其中一個穿白色西裝襯配紅蝴蝶結，化裝成跑堂模樣，站立緊閉的餐廳門前，溫恭有禮地向後來顧客抱歉午休歇業。另外二個，手穿薄膠套，罩戴僅露兩眼的面具，各自提握套上滅音管的手槍，射擊櫃檯上方的天花板，喝叱餐廳所有服務人員趴伏地氈，提防他們觸動保全警鈴。個子較高的搶匪揮槍監視，由矮個子從容從餐廳收銀機的錢倒光，握著滅音槍，把在場二十多位顧客身上的財物洗劫一空。

揚長而去的匪徒沒有留下可供破案的線索，甚至究竟搭乘電梯或沿屋外救生梯逃跑都無從判斷。

幾分鐘，管區警察全副武裝趕到現場，向驚魂甫定的受害者作筆錄。

一位體貌福泰的三十多歲婦人突然抓住她身旁男士的上衣後領，歇斯底里高叫：

「就是他，他是匪徒的同黨！」

淚水由滿布脂粉的臉落下：

「匪徒搶走五克拉祖母綠，還刮傷我的手！」

兩個警察立刻取代婦人，分作二邊勒緊男士手臂。

警局訊問室裡，膚色鬱黑的這位男士，自稱是奉派巴布幾內亞探勘石油的工程師，休假回國，到大樓百貨公司購物，近午在餐廳用膳，正巧陷進搶案。

警察並沒有從他的皮質背包查出可疑的東西，可是損失摻重的那位女士絲毫不放鬆她的指控。

我聽得很清楚，女士不停搓揉失去寶石戒指的無名指：「他低聲對匪徒說：阿羅哈呵，阿羅哈呵。匪徒怔了半晌便放過他，他們有暗號。」

年輕工程師回辯：

「輪到我的時候，恍惚間我抓住匪徒的手，他手臂稍彎，槍口指向驚嚇萎縮地面的這個女人，她因此誤會我罷？在巴布幾內亞這句道再見的話說慣了，危急間不覺脫口而出。」

除了女士的指控，警方找不到任何可資定罪的嫌疑。他的家人連同律師趕到現場，辦完手續，很快就被釋放。

搶案到現在還沒破。現場目睹者詳細描繪後，警局所獲最明確的線索是餐廳外殷殷作揖，化裝成跑堂略帶脂粉氣約二十五六歲的年輕人，畫像在電視重複播出，並且貼滿各地公共場所。破案獎金與日俱增，專案小組接受線索提供的電話由二組擴充到五組，報案信件累積成堆，負責這門的成員，鎮日被線索的真真假假弄得焦頭爛額……

我會用心注意首椿公然持槍洗劫餐廳的顧客，令治安當局承受上級機關和輿論界偌大壓力的事件，不僅因為發生在飛碟大廈，而是年輕工程師「阿羅哈呵」的供詞。

我心中一陣抽搐，「阿羅哈呵」，不正是亞當斯奇聯絡天外的隱語嗎？

同樣的問題，三個匪徒那裡去了？

目擊者言之鑿鑿，警方布下天羅地網，電視螢光幕裡專案小組高級警官不斷說：「我們絕對有信心破案，任何犯罪都有痕跡可尋。」與之同時出現的匪徒畫像，愈來愈像嘴角掛著一絲嘲諷。

我再次搭電梯直上頂樓，應門的聾啞老人由我手中接過雪茄，迫不及待打開菸盒燃起其中一根咬進嘴裡，舒舒吐氣。

頂樓已有其他訪客，許久未見面，自稱曾經遨遊天外的秋子，站立在屋外陽台，月光映照經風拂動的白色長袍，面對雙手合拱靜坐的十來個人，垂頭喃喃自語，及至受到腳步聲驚動，眼睛稍微張眨，隨即沉入自我神定之中。

彷彿知道我的意圖，聾啞老人急忙拉我走近魚缸，在瀰漫淺綠暗光的室內牆壁附近，底鋪大理石細碎的魚缸淺水中增加三隻烏龜，與盤據魚缸另一端的六隻烏龜，形成兩個壁壘分明的集團，仰首對峙。

不覺間我放聲笑了起來，我無法控制內中放肆的暴氣，持續的笑聲攪擾陽台宣教的秋子，他們停下默禱團靠過來，仔細端詳我身不由己的手舞足蹈，而後配合我笑聲的節奏，群聲吟哦「阿羅哈呵，阿羅哈呵，」的暢音，像似幫助我驅趕惡靈附身的魔魘……滿臉疑惑不解的聾啞老人，怕我笑岔氣罷，不停拊勒我的臂。

7

這就是我的飛碟大廈調查報告。

雖然知道將自己牽涉到事件裡面成為其中一個角色是不明智的，可是基於學術良知，我不得不冒著被鄙視指責的危險，把經過忠實記錄下來。如果你們依舊認為「天啟」違背正導理性，有朝一日和我面臨相同的判斷困境，你們必然會付出較多的同情，看待我延年累困才整理出來的研究觀點。

倘使有人看了我的調查報告，願意以另個嶄新的程式繼續調查研究，我將秉持卑微的誠心樂觀其成。

「沒什麼好想不開的。」

忖度再三，我終於落定報告的結語：

「你們要曉得，在令人智窮，五光十色的都會裡，什麼事情都可能發生。」

原載一九九二年十月二十五日《台灣新聞報》

刺刀

四叔在父親的行輩裡屬老么，十二歲，時當日據時代，隨父親從泉州渡海到台灣討生活。

渡海前父親已在泉州隨老師傅學擀麵：一桿粗棍伸入牆壁湯碗大小的鑿孔，和水均勻的麵粉團攤放數寸厚硬實質地的長板床，左右來回壓揉。父親捱過艱苦的學徒生涯，升任為年輕的擀麵師傅，斷然冒險搭舊式帆船橫渡黑水溝到台灣。究竟起於怎樣的念頭，他從沒談起，我們也想當然耳認為多丘陵的閩地，出外闖天下是極自然的事。

「深夜我們兩人躲在稻草堆裡，瞞過衝進烏敦下尾村抓人當兵的部隊，聽到姑媽嬸婆搶天呼喊，我胯間尿水滲濕一大片……」比父親小十歲的四叔回憶說。

「後來抓得更凶，風聲緊，即使大白天，泉州街上看不見半個年輕人。」四叔叼菸吞吐，狀頗優閒：「或許是這麼簡單的理由，促使我們忍受得住帆船底艙的鹹漬味和令人翻胃的風浪顛簸。」

可是直到父親死前，即使有人從香港輾轉捎來家鄉消息，他興致勃勃談敘開元寺巨佛以及洛陽橋疊疊石板的偉觀，卻從來不曾提起渡海前的那段往事。

「到台灣翌年，你父親結婚，我仍和他們一起住士林品仔師的擀麵店幫忙一些雜務，你太小有許多事你可能記不得啦。」

我依稀記得，台灣光復那年我五歲，不顧母親娘家反對，父親帶一家三口回去泉州。

「我不幸的遭遇便從那時開始——」

四叔緊握拳頭，神情激憤。

「二哥回泉州，將舉目無親的我託付給台北太原路高家。高家比我們早到台灣兩年，當年在泉州他同二哥在一個師傅調教下學擀麵。二哥在士林擀麵店當師傅，逢年過節常有來往。你父親口口聲聲認他兩兄弟作同鄉至友，可是二哥回泉州不到一個月，他們就變了嘴臉，常吆喝我，罵我懶惰。

「其實是粗重的事我做不來。隨你父親來台灣之前我讀過幾年書，你父親一直不讓我跟學擀麵，固然他有能力養活我，主要原因還是希望能夠找機會念書，那時家族識字的只我一個。

「寄人籬下，這些我都忍了。後來高家竟誣賴我和他弟媳有染。我真想不通，嫌我粗手笨腳白吃白住，直說就好，又何須敗壞自己老婆的名節呢？他們兩兄弟把我推出門外，挺著木棍咆哮，不准我進門拿行李，甚至連用你父親給的零用錢費心收集的日本瓷器，一個也不能帶走。

「我記很清楚，那是清明過後沒多久。因為要幫著賣麵，怕引起誤會，平常口袋是不放錢的。身無分文，我不敢走遠，心想誤會澄清後，看在二哥面子，他們或許會來尋我。我在台北後車站長木板凳睡了一夜，醒來又凍又餓。

「你母親娘家住北投，我去過一次，可是記不得路怎麼走。心想何不到士林找你父親的老闆品仔師出面主持公道，他們同業間有來往。費盡氣力走到士林，高家兩兄弟預料我大概會去，看到我竟從麵店拿起切麵刀追殺，我才明白，他們存心置我於死地。

「無依無靠就是那種滋味：完全絕望，卻還存留一丁點不肯服輸的氣魄。我在圓山動物園旁邊昭和橋下草叢間忍不住失望痛哭，過路人少，也沒人理會一個語帶濃厚泉州腔的唐山客。哭累了倒在草堆睡一下午。後來我漫無目標沿大稻埕茫然前行，舌乾唇燥，肚子餓得慌，走幾步路暈天眩地的。最後走到華山車站附近的軍營前，有個潮州籍老兵看我晃晃蕩蕩，問我要不要進去吃個饅頭，這一吃，吃了十年才退伍。」

四叔唏噓敘述早年橫受父親惡友屈辱的恨事，像似印證人生無常的現身說法。幾十年來，我們兄弟斷斷續續聽過無數遍。

早先幾年，四叔尚會掉落不堪委屈的淚水。

又過幾年，他在建築陰宅這行業稍有名氣，穿戴頗具門面，話語常帶一番急躁的責謾：

「那種不義的傢伙，你還跟他交朋友！」

「高阿登是出名的醋桶，何況他媳婦還是太原路一帶公認的大美人。」

父親輕鬆嘻笑，透著曖昧的排解，常惹得四叔生氣跳腳。樣子頗像漫畫書中血性男子的繪像：英挺鼻樑下，嘴唇緊抿，瞪起一雙烏漆大眼珠，悶哼吐氣。

父親過世不久，探親開放，四叔攜眷回泉州前，在我們面前溫炙他悽慘的青春年代，這時竟是哂笑中充斥「幹！幹！」的無奈調侃。

我想，所謂笑抿恩仇大概就是這樣子罷。時間會淡化一切仇怨，使積儲胸臆的無明塞氣不致澎湃難挨。當人逐漸年老氣衰，再也提不起精神攪動所有歷經的波瀾，都有機會成為一個悲天憫人的智者。

或許我還不夠年老，四叔某種平日不大顯露的表情閃電般衝擊我的腦際，童年那段悚慄即刻浮現，我的臉色泛白，齒牙不停打顫。

我們只在泉州老家待一年。回台灣，經同船福州人介紹，賃屋暫住萬華。母親襁褓多了個弟弟，貧瘠的閩地幾乎花盡全部盤纏。這些都是父親後來的敘述，

「尤其倒楣的，正巧遇到二二八事變，泉州腔的唐山客連外出都不敢，更不用說在人地生疏的艋舺找到擀麵的工作。」他說。

動亂不安的年代，母親雖然年輕體健，即使洗衣作傭的工作也沒份。因為會說廈門腔閩南語，卻是租屋裡面一堆人外出買菜探消息的橋樑。

「那時節生活相當艱苦，」母親說：「再捱下去，手邊金飾都要賣光啦。北投娘家接濟不上，四叔杳無音訊，同住的福州人鎮日吱吱嚷嚷爭吵不休，煩死人。」

根據淺薄的記憶，那時我們應該是住在廣州街，早晨從租屋溜達出來，站立十字路口，直穿的街道盡頭正是萬華火車站。

年紀雖小，我也能夠聞嗅到生活的緊張與不安；竊竊細語的一堆大人看見小孩靠近便凶悍地將我們推開；入了夜，沒有人敢點亮油燈，房間闃無聲息；外邊敲門，除非報明來路，誰都不願意開門。

後來我親眼看到死亡的血腥場面。據說有兩個士兵闖入民宅意圖不軌被巡邏的憲兵逮獲，為示儆尤公開槍斃正法。午後母親牽著我夾雜在烏壓壓人群中，地點可能是萬華火車站前廣場或是螢橋馬場町，二個身著草灰色棉襖的士兵雙手反綁跪地，經過短暫宣告，「砰，砰，」幾聲，結束他們的生命。

「其中一個士兵子彈穿腦而過，」母親猶然深皺眉頭。惻怛嘆息：「頭顱碎裂臥地的慘狀，有幾天，吃飯聞到豬肉味便要嘔吐。」

父親以及租屋裡面的福州人都非常高興，他們研判，軍紀有整肅，太平日子可能不遠。

街市彷彿漸有鬆弛的氣氛，小孩到處自由蹦跳。我最喜歡到祖師廟附近，賣糕餅老頭的店鋪前，欣賞玻璃甕的小圓酥球，由焦黃間雜的顏色想像它的味道。

那天，老頭發作慈悲心，舀半杓放進紙包送給我。因為免費，不好意思當他的面咬了起來，走過幾道庭廊，我蹲踞大紅磚柱旁的水溝邊細嚼那酥脆的美味。當我吃完，紙包往水溝丟，發現一把閃亮的刺刀沉浸流動的漪水裡。常拿竹條和童伴互相砍殺，從未真正握持刀劍，我興奮異常，撈起那把長可及腰際的刺刀，飛也似奔回租屋。

母親在天井洗衣，父親攤開木箱整理行李。看我手握刺刀半空揮灑，不約而同跑來，父親從我手中搶過刺刀仔細端詳，呻吟半天說不出一句話。他拿出紙張將刺刀捲進去，看看快將黃昏的天色，要我立刻丟回原處，心中萬般不情願，可是父親嘟嘴的厲色使我害怕。

踱到剛才吃酥球的地方，我拆開紙包，向它作臨別的瞄瞥。

「喂！喂！」

兩個棉襖士兵向我走近，「嚷」的一聲響，刺刀被我丟回水溝，嚇得頭皮發麻。其中一個士兵抓住我的後領，發出忿鷔的呼吼：

「囝仔，再滾再踉，就將你打死！」

他扭過我的頭顱，那照面一輩子也忘不了：黑鬱鬱的臉皮，兩把濃眉像多刺的毛蟲伸張躦動，滿布血絲的眼睛覷著螢光，露口的白牙岔開企圖咬斷我的脖子。

我終於掙脫他捏握的手勁，死命奔跑，頭也不回地從一個廊柱閃過一個廊柱，繞轉無數圈，偷偷溜進祖師廟的供桌底下，閉氣抖戰。

記不得在裡面停留多久，等我踅出來，天地已是一片黑暗，夜晚的街道少有人跡，唯一能指引我方向的是遠處火車站暈黃的燈光。

母親徘徊廣州街十字路口，看見我，將我抱起，一邊跑，一邊搗緊我「哇哇」嚎哭的嘴……

為了那把刺刀，我連續三天高燒囈語。

「倘若你高燒不退，」長大以後閒聊，母親依然眼眶滲出淚水：「我們也是眼睜睜，束手無策。」

事變慢慢平息，母親跑趟士林，擀麵店老闆品仔師歡迎父親回去工作。

告別仍舊受困租屋的那群福州人，母親懷抱弟弟，父親手提兩只大木箱，我恢復蹦蹭跳躍的稚態，一家四口到萬華火車站，再轉搭淡水線的火車。

火車站門口有荷槍的士兵，我退縮到母親身後，個子較高的那個跑步到父親面前歡叫：

「二哥！」

那張黑鬱鬱，毛蟲在眉間躦動的臉，正是我的四叔！

從來沒有人問起我帶刺刀出去後的遭遇，我也一直將這秘密隱藏心底。只是至今我還不明白，僅一年工夫，為什麼我和四叔相互不認識？他也從不提及派駐萬華守衛這段時間的軼聞瑣事。為何演變成滿臉橫肉的凶相，想必沒有什麼答案。

四叔退伍後住石牌山邊，結婚生下三個女兒，因無子息對待我們兄弟有如親子。但在內心幽曲深處對他仍有些微戒心，當他豎起橫眉對我「喂！喂！」呼喊的時候，至少短暫地，當年歷經的恐怖影像就呈現在浮起的疙瘩上啦。

原載一九九二年六月二十一日《中時晚報》

疾行車窗

1

一個男子從狹窄車窗往外望，額頭頂觸滿布塵垢的玻璃窗，那似乎是一張倉皇失措的臉……道路兩旁白千層一棵棵向前傾倒，由慢而快，粗幹連同枝葉在地上反彈翻滾，揚起灰霧，倏然一切歸於寂靜。

年輕時候，夢中經常重複這幕相同的景象，稍隔時日，寐祟般一再重返造訪，從而干擾我平靜的生活。只要身處緊閉的空間，即刻敏感焦躁，嚴重時甚至得大力呵氣才能紓解窘迫的呼吸。這個長時纏繞的夢境，來去自如，完全無法預測何時闖入何時離去，我只能祕而不宣地藏在心底任由它發展。

我嘗反覆思索：那從潛層意識浮顯而出的情節，或許是組密碼，想對我透露某些訊息；封閉在大型公車裡面，雙掌無助緊貼玻璃窗，臉露悲鬱的男子是誰？白千層倏忽往前仆倒，揚起泥塵的時刻，我站在哪裡？隨後飛轉跳移的其他畫面，為何睡醒後只殘留混沌曚矓的感受，而沒有清晰的記憶？我一遍一遍地分析，繪圖剖解，各類圖樣形形色色，甚至摹倣夏卡爾，把自己、陌生男子、連同大型公車浮在半空中。

畢業進入職場以後，公車男子便極少來訪，偶爾出現也僅只影像模糊恍若擦身而過，至於何時完全絕跡已經不復記憶。某個盛夏，搭乘公車途經車流擁擠的都會鬧區，車內沒有絲毫涼風，感覺有層薄膜隔在自己和壅塞的街路之間，聳天高樓的投影隨車行移動，明暗交雜錯綜，陪襯垂葉懨懨的路樹，我強烈感受到與公車夢境相同的環圍傾倒……夜深人靜，翻出二十歲以來斷斷續續描繪夢境的累疊圖片，端詳再三，像似暌違多年的老友重聚，思念之情溢於言表。爾後雖然殷切期盼，那部公車未再進入夢境向我迎面駛來。

我無法解釋公車裡面陌生男子和我之間的糾葛，從稠黏緊密到自然淡化的過程是如何醞釀，總之它就那樣無聲無息地消失了。

事隔多年，籠罩在公車夢境的四年學生生涯，僅靠記憶很難準確拼湊當年風貌，時空轉移感受迴殊，一切都走了樣。籠統來講，基於父親期望而念商科統計是極大錯誤，枯澀的理論課程對我是種持續的難堪折磨，雖然考試都能輕易過關，但那只似孤獨漫步浩瀚沙漠，憑自耗盡生機。大部分時間我都待在學校圖書館，閱覽電影相關書籍。看電影如同聆聽大師演講，不錯過任何一幕場景，並且勤作筆記。從愛森斯坦到格雷非斯，到楚浮那幫新潮流，我找到自己的私淑。

臨將畢業，鴨形腳將我的體位打成丁等，可以直接進入職場，不必像其他同學等當兵。我在學校看到徵求副導演的廣告，電影公司就在學校附近的小巷裡。

那是一幢擁有廣大庭園的木造單層建築，寬敞廳室裡，脫漆斑駁的地板豎立一架十六釐米攝影機和簡單幾張桌椅。接見我的是位大我沒幾歲的年輕人，烏亮整齊的頭髮滲出陣陣蠟油膩味。

「敝姓陳，」他伸手和我熱情相握：「我們正籌拍一部劇情短片，你可有相關的工作經驗？」

我說沒有。他微哂點頭似乎不太在意，直截切入短片的約略情節：片名《白閣夫人》，講年輕礦工慕戀中年婦人的故事。講到酣暢處他開始敘述運鏡構想，遠景和特寫的交替示現，畫面想像和現實之間的差異。偶爾我也插入看法意見，愈談愈投緣，他晶亮的眼睛流露無比悃誠，緊握我的手：「加入我們罷，你削瘦的樣貌完全符合男主角的氣質，回去詳讀劇本，後天下午先去拍兩個場景。」

從打雜的副導演變成男主角令我心眩神搖，尤其他自信滿滿帶著興奮的語調說：「我的目標設定威尼斯影展，通過這關，各種商業利益接踵而來。」對我而言，無異蒼穹飄降的聲籟。

陳導演開部裕隆老爺車，將我連同攝影，配樂載到侯硐。第一個場景在一棟土确厝內室，我直望木條窗前懸掛的喜多川歌麿仕女浮世繪圖片發呆。下個場景可就苦了，我必須在堆疊如座土丘的細煤渣平台急速奔跑，到溪邊和白閣夫人相會。陳導演吆喝多次總不滿意，認為我熱情不足。真正裝上膠卷時，我運起最大力氣往前直奔，到達煤渣懸崖前停煞不及，整個人騰空墜落溪邊的雜草叢堆。關節嚴重扭傷，右小腿骨折讓我足足三個月行動不便。陳導演來過一次，帶來一封介紹信，說如果我想教書，可以到淡水找他當校長的長輩，他已經替我大致說妥。

從此不再有陳導任何消息，不僅威尼斯影展無影無蹤，更不曾收到分文報酬。或許生性使然，擔任教職以後，所有夢想創造綺麗生涯的構想不覺間戛然而止。

轉眼二十多年歲月流逝，從體魄盛壯到齒落髮白，從敏感羞赧到沉著自若，無數的人生閱歷宛如萬花筒變幻化易。教書工作歷經高職到現在科技大學，像踏步預定的階梯，沒有險阻，卻乏善可陳。唯一不變的是我還維持單身，曾經交往的女性，每當論及婚嫁，便關係緊張，終致不歡而散。母親為我傳家準備的足金手鐲，珍珠項鍊，翡翠戒指，都還靜靜躺臥銀行保險箱裡。

年近五十，父母相繼謝世。我開始沉迷機車旅行，風馳電掣享受獨我世界的蒼涼況味，兩年來幾乎跑遍台灣大小村鎮。我的光陽一百五極速逾百里，去年中秋，行經花蓮和平，曾和運載水泥的大卡車競飆速度，疾駛四線道寬廣的柏油馬路，指針越過百里，我跟它平行不相上下，到緩坡處溜煙就把它甩掉。疾行間精神集中在三十度的視野，心無旁鶩，百骸通暢無比舒適。薄暮時分抵達東澳，坐在粉鳥林海邊磊石堆掏出餅乾咀嚼。山壁冒伸點點野百合偎在綠叢間，不時傳出飛鳥啁啾，蔚藍海面橘紅色太陽投映道道燦爛彎弧。沒有風，四周一團寂靜，耳際隱約響起「沙將唷，沙將唷，」的呼喚。多麼熟悉又遙遠的聲音！每當母親有事差遣，便以如此高亢的響聲喊叫我的名。在那闃無人跡的海邊，面對自己孤獨的身影，孑然一身的落寞穿透久鈍的心懷。翻建前老家的模樣，從吊橋直通大廟的街坊，舊日影像充盈腦際，終至不能自已，淚水滿布映紅的顏面。

那天起，母親「沙將唷，沙將唷，」的呼喊，時常不經意煙薰般輕撫耳際，一如年輕時代公車男子抑鬱攀窗的夢境，母親乍不期然的呼喊漸漸混入生活周遭。

更令人費解的是：伴隨母親呼喊而來的，竟是女性碩大乳房的幻影。

這些乳房的幻影，說具體些，分別為多張不斷更換重疊的畫面：有時是母親用牛角梳子舒勒乳房脹氣，刮累後要我接手，最終不堪腥羶乳味棄手逃開；有時畫面跳到廟前戲棚後台，午戲結束，小生花旦苦旦聚集一處，脫掉戲服露奶哺乳；時又跳到淡水線火車廂，販賣魚貨的婦人撩衣餵乳，細嬰小嘴吮吸，一手抓握渾圓的乳房。其中影像最鮮明的是住在街尾，臨近基隆河畔的堂嬸。隔段時日阿嬤遣我抱幾斤米過去接濟，燠熱的夏午，堂嬸裸露上身蹲坐切豬菜，黑鬱鬱的垂長乳房擴散胸前掩蓋肚臍，接過米袋輕輕撫摩我的頭：「沙將，替我向阿嬤講感恩啦。」臉上笑靨幾乎要把尖細下巴的大黑痣迸裂開來。

其實閃進腦際的不只這些，我只舉犖犖大端而已。當影像乍現，便會順著思維推演，直到心情轉為沒來由的感傷，才整個人清醒。我越想淡化，這些聲音和影像卻糾纏更深，它在對我作嶄新的暗示嗎？

2

餐廳優雅聚光下，我問莫麗：

「妳可曾仔細看過自己的乳房？」

她呵呵笑個不停，拿起紅酒杯對著我的眼睛搖晃，我視眼定焦於她顫動的翠綠耳環，等待回答。

「乳房啊，」她終於開口：「它就在那裡，看它幹什麼！」

莫麗是學校同事，半年多以來隨興之所至，時常相約到市政廳附近餐館吃飯。

我很難廓清我們之間究竟維持什麼的關係：她狹長臉龐，細彎對稱的眉毛以及小巧泛紅的嘴，我彷彿看到歌麿仕女圖，或者說「白閣夫人」的現實呈現；而她為什麼願意讓年齡差一截的男人接近，我也揣摩不出她的心意，或許年屆不惑喜談往事，面對安靜聽述絕少插嘴的我多些貼合罷。

我深吸一口氣接著說：「在我小的時候，滿街都是露乳的婦人。」

「這樣啊，」她腮邊透出微薄酡紅：「可是，她們露乳和我有何相干！」

「哦，我不是那個意思。」

「那個意思是什麼意思？你知道嗎？今天菜太鹹，酒也苦澀。」

她漂亮的前額罩起一層寒霜，「莫麗生氣了！」我暗自警覺，猶豫著應該怎樣解釋，她已起身抓住肩包，說聲「抱歉」便往門口走去。隔著偌大玻璃窗，我看見她穿越對街拉開車門，消失在燦亮的夜色裡。

我感覺很冤枉，絲毫沒有想冒犯的意思，甚至不知道什麼地方冒犯她了。從進入餐廳，莫麗興致就特別高昂，每上一道菜，舌齒唇間淺嘗，一直讚美我有眼光，很會點菜。

「論起菜餚，我最喜歡匈牙利餐點，曾經在奧地利邊境不遠的肖布朗住過二十幾天，那裡的燉牛肉，冰鎮橄欖湯確是人間難尋的美味。」

隨後「Sopron, Sopron」輕柔念了幾聲，挑著細眉定睛望向我。

「十年前我到巴黎學商業設計，這段留學生涯你是知道的。我素來獨立，四周龐雜環境很少能影響到我，卻在聖母院附近塞納河畔二手市場，認識街頭舞蹈表演的吉卜賽男子。他滿頭黑鬱濃密的捲髮，削瘦憂鬱的臉令人悸動，舞姿和著獨特嗓音，牽動我的心懷。」

像開啟心扉深處的幽鎖，莫麗從留學的巴黎說起，閃爍潮潤的眼珠，繼續她的故事。

「從巴黎到肖布朗漫長的旅途，一路滿懷期待，他每天在維也納火車西站吟唱賣藝，等候我前來會合……」

莫麗話語間充滿熱情亢奮，流露出她對這段異國戀情依然縈情於懷。起初我專注傾聽，頻頻點頭附和她的興致，及至敘述變得瑣碎，我漸感疲困，腦中穿插各種揮之不去的臆想。

我聞到從她身上散發的陣陣香味，胸前印染的荷花圖飾波漾中微微浮騰。許多影像在我腦際紛飛，最後定駐在一棵大榕樹下。

那年，我小學四年級。老師帶我到學校圍牆邊大榕樹下，要我背誦演講稿，配合語調的抑揚頓挫做出適當的表情動作。

枯燥的演練持續進行，老師突然取回演講稿，要我到辦公室拿茶杯。接過我疾速奔跑取來的高筒玻璃杯，她深深舒吐一口氣，撩起衣衫露出乳房用力壓擠，白色乳汁陣陣射進玻璃杯裡。看慣母親餵奶，即使小弟吸飽睡靠懷抱，奶水也不曾滲漏半滴。現在老師不僅漏，而且漏了一大片，衣服都染濕了。

榕樹茂密的枝葉麻雀飛竄吱叫，老師高舉玻璃杯，看看自己沾濕的衣襟，再看著我，將玻璃杯湊到我鼻尖：

「很香，就喝下去罷。」

要我吞下那半杯不知怎麼形容氣味的奶水實在很為難，我不敢說要也不敢說不要，捧著玻璃杯直愣愣縮立牆角邊。

第二天那場演講比賽，慘況如所預料，上台只背三四句，疲澀的嘴巴無論如何發不出聲音。評審老師低著頭，其他參賽者不斷詭笑，老師焦急地隔空打出各種手勢，我的緊張只有天知道，漫天都是她的乳味，以及不斷滲射的乳房。

莫麗這時正說到維也納黃色牆垣的興勃隆宮：「才情出眾的特蕾西亞女皇生下十幾個孩子，都是靠她豐碩的乳房親自哺養……」

又是乳房！於是有關乳房的事情便脫口而出，招惹了她的怨氣。

漫步走向廣場花圃，停駐在人行道兩旁的花台靜靜抽菸。莫麗突然生氣離開，心中湧起一股難以言喻的蒼涼徬徨的感受，這是交往以來向所未有的。我當真對她做了暗示嗎？歸咎於乳房影像帶來麻煩，或許只是表面藉辭，當她提到另個親密男人，我心中起了異樣故意以之閃避？想到這層，內心頓時複雜起來。

我深自警惕：「吉凶未來先有兆，腦際縈繞的諸多乳房影像，難道是種惡兆，預告從此將步衰運？」可是，自來豢養在都會裡面，平凡如我，有什麼盛運衰運可言？抬頭望向夾脅在高樓泛著淡光的圓月，百感交集。想著，想著，母親又來呼喚我的名，堂嬸佇立基隆河畔，野風狂吹，兩粒碩大乳房往兩旁側撇，像揮動四隻手，迎接耙蜆歸來撐篙靠岸的丈夫。

3

幾天以後我們又回到原來的餐廳，同樣的聚光，同樣的餐點酒色，彷彿距離上次一下子時間而已。她依舊暢談巴黎經驗，只是話題變得精簡，有意無意空出時間讓我多說些話。臨別時，她表露少有的俏皮模樣：「今天我付帳，帶我到粉鳥林海邊躺一個下午作為獎賞。」

翌日下午，上完二節「財務報表分析」，三個學生跑來研究室，請我擔任指導，要在學報發表研究論文。

帶頭學生說：

「我們開發出一套電腦統計軟體，先挑選全額交割股，將資產負債表，流動比率，速動比率，現金流量等指標放進電腦裡面跑，解讀分析危機公司衰敗的狀況，從而找出可供檢驗的模式，這樣可行嗎？」

「很好，但要詳細找資料，查看有沒有人已經做過，」我分別拍拍他們的肩膀：「遇到問題隨時來研究室討論。」

受到鼓舞，三個年輕人立刻自行分配工作，神情專注，好像將我一同拉到蠻荒，煤油燈下擘畫明天將追逐那頭獵物。

學生離去後，我按壓熱水器沖泡咖啡，拿出燕麥餅乾當茶點，等候四點半駛往市區的校車。猛抬頭，副校長站立門口向我招手。

「我有剛到的瑞里春茶，來吧，一齊上樓品嘗。」他說。

除非必要，我素來避免和擔任行政的人打交道。副校長是我研究所學長，相同的指導教授，因這層關係總比其他人親近些，也就不再託辭閃避。

寬敞辦公室裡，副校長熟練地完成沖泡作業，遞杯到我面前，陣陣甘醇香氣滿布咽喉。

「好茶！」我衷心讚歎。

他湊近聞嗅，瞇起細眼笑著說：「每年總務處都會捎來半斤，挺珍貴的，無論怎麼說，硬是不肯收錢。」

「是來做公關的罷？」

「這你就不懂，你只教書沒當過行政，在私立學校，職位再高，充其量不過是人家的夥計，有什麼好公關的？不要小看總務處，裡面大大小小各有來頭。」

他直視前方放置公文的鐵櫃，若有所思，嘴角張弛幾下，兀自冷哼。

我看了看手中腕錶，距離發車時刻還有二十分鐘。

「多年的老朋友了，難得空下來閒聊，多坐一會，晚上找家日本料理店喝個痛快。」

「不急，」我說。

「就說這包極品烏龍，收下沒給錢總是沾人情；不收，又像刻意排拒，折騰人家一番心意，其中關節真叫人傷腦筋。你知道擔任副校長有多難！學生人數逐年萎縮，董事會要我打報告；假日建教班招生不足，也要我負責；教育部阿貓阿狗來校視察，我得弓腰曲背跟前跟後，唯恐教育補助款額被刪減。論權限，總務處的開銷支出我無權過問，連人事安排也要觀察校長臉色才敢伺機建言。我和破銅爛鐵有什麼差別？最可悲的，還經常無意間得罪人。」

他激動而漲紅的方臉逐漸緩和，瓦斯爐架鑄鐵提壺漫冒輕煙，哨音迴繞寂靜的辦公室。撥去茶渣，他又再沖泡一壺鐵觀音。

想不到他平日光鮮豐采，竟然隱藏位高權輕的苦衷與無奈。他不說出來，我永遠也不會理解。

「聽說你和林老師走得很近，是真的嗎？」

「哪位林老師？」

「你知道的嘛，就是喜歡綁圍巾，教商業設計的那位女老師。」

「怎麼說呢，」我撥回垂落額前的髮縷：「有時搭她便車到市區，順便餐廳吃個飯，怎麼，你也有興趣參加嗎？」

「沒有，沒有，」他撫掌大笑：「我本來就說，哪會有什麼事情！」

副校長愉悅的笑容帶有幾分狡黠，我意識到，或許這才是今天找我說話的正題。

「是這樣的，日前幾位女老師到校長家包水餃，校長喪偶二年多你是知道的，看見兩個讀小學的女兒阿姨長阿姨短，特別跟林老師親暱，就問了起來。」

他收斂起笑容，滿臉嚴肅。

「聽了覺得這是好事一樁。前天校長託我送一盒瑞士巧克力給林老師，可是她沒收。校長意思是說，學校招生愈來愈困難，像林老師這種短期內無法升等的講師，如果學校精簡人事，她就有危機了。再說，如果你們關係已經很好，兩人同教一所學校，恐怕不太方便。本來沒我的事，老朋友了，我才直話直說。」

我緘默無語不想多作言辯，既然他只扮演中間傳話的角色，多說也是無益，何況他從來就不是我暢心剖白的對象。

真正徘徊心中，揮之不去的是：莫麗喜歡我嗎？我喜歡莫麗嗎？其他都是庸人自擾。

「就任由它去罷！」我作了素來少有的堅定抉擇。只是沒有當面對副校長立即表態，氣勢上便輸了一截，覺得自己有點遜。其實何止有點遜，套用學生常用的口頭禪，「簡直遜斃了！」

走出副校長辦公室，五點多天空依然明亮，通往學校大門口兩旁生機盎然的杜鵑花叢，粉紅的、乳白的、燦紅的，紛紛映射過來，四周瀰漫撲鼻草香。有股熱流打從腳底緩緩上升，擴散整個胸臆。春天已經擺下盛宴，這是好消息，又該是緊握油門，馳騁燦爛大地的時刻。

4

莫麗在她臨海村落，四合院老家屋前大片荷田裡穿梭，摘下幾朵含苞的蓮花遞到我手，深邃的眼眸溜轉，像似清澈明潭泛起波漾的一泓藍水。

「那個吉卜賽男子名叫薩茲，介意我談他嗎？魚刺鯁在喉頭總不舒服。」

荷葉叢裡兩隻紅秧雞噗噗躍出，拍擊羽翼飛落對面田岸。

她繼續說：「二個月前偶然從節目表得悉，他將從匈牙利率團來國家音樂廳表演。當天買完票進入演藝廳，我獨自默默坐在後座角落，小心翼翼懷抱盛綻的玫瑰花束，想散場後趨前給他個意外驚喜。舞台飛揚嘹亮尖銳的提琴弦聲，十年沒有見面，幾個吉卜賽年輕豔麗女子，環繞他老態臃腫的龐大身軀，拍掌迴旋舞躍，薩茲的歌聲像似疲憊旅人失神的囈語，節目尚未進行一半，便悄然丟下玫瑰離開現場。」

莫麗說紅了眼眶，側臉望向遠際，竟至掉下淚水。

「十年前他一聲沒說地離開，把我一個人丟在肖布朗，音訊全無。真正原因我到現在還不清楚，絕望中黯然回到巴黎，繼續未竟的學業。我不想怪他恨他，到時受傷的只有自己。這些年來，偶爾憶起他的形貌，懷想中還是那麼美好。現在——他怎麼可以把自己變成那副模樣！」

從倚坐的帆布矮椅望去：荷花田無止盡向前延伸，直達廣袤的蔚藍天際；微風吹拂，翠綠的荷葉金色陽光下閃閃輕晃。莫麗兀自沿田埂愈走愈遠，最後只剩一團灰白。溫暖的空氣舒滲我的毛孔，像午睡醒來淨滌周身躁躁，全身包融在難以形容的感受裡，口腔散布前所未聞的異香。

隱約間聽到訇隆車聲自遠而近，我起身瞻望，車子的樣貌逐漸清晰，心中遞增的疑慮轉為無比驚訝──「啊，這部公共汽車！」

急駛揚起罩天塵垢，經過身旁，空蕩蕩的車廂裡面，那雙手悲愀撐窗的男子，竟然從我年輕時代的夢境駛進現實人間。

「莫麗，就是這部公車！」

我高聲吶喊。

她從遠處急速跑來，一株株綠荷隨之霍霍往前仆倒，解開上衣裸露雪白的乳房，顫動中盤貼幾隻黑鬱圓滾的血蛭，「沙將唷，沙將唷，」叫著，髮絲飛散遮蓋整個臉面，看不出那是歡愉或痛苦的表情。我耳際充盈慰安的柔語，分不清那是來自莫麗或母親的呼喚。

原載二〇一五年十一月號《印刻文學生活誌》

橘黃板塊

歐嘉把梵谷向日葵複製品貼到浴室檜木門板上，輕鬆舒緩一口氣，喜沾沾走進廚房端來一杯沖泡的咖啡，坐在客廳靠窗紅木小圓桌旁，漫眼巡視室內呈現的各種不同層次的明暗，對自己花費整早上工夫才調理完畢的重新擺設暗自歡喜。圓桌中央白色針織桌巾上面豎立藍彩陶質花瓶，淡紫酢漿草小花參差叢冒，靜靜披散在午後燥爽的空氣裡。

婚後辭去工作一年多以來，定期前來打掃洗衣的雜工分擔大部分粗重的勞動，使她有完整閒情專注於家居擺設。每隔一段時日，腦際撩起某種嶄新念頭，就意興勃發更動屋內家具的位置，從急閃的念頭中獲致難以言喻的快樂。這幢臨近基隆河，連同庭院百坪大小的木造單層洋房是她丈夫父母留下的遺產，經過翻修，煥然一新。所有曾經到她家作客的親友，無不羨慕她在如此擁擠的都會能夠居住這麼像樣的房子，而且婚配的男人三十五歲不到，便在一家頗具規模的工程顧問公司擔當經理的職位。

「結婚真好，」這句發自內心的肺腑之言，即使丈夫深夜帶著滿身酒氣應酬回來，翻胃嘔吐以後橫躺床上，要求按摩撫勒，弄得自己汗水淋漓，她依舊懷著這份不變的情意。

她移開坐椅緩緩站起，抽出幾根酢漿草放到嘴裡細細咀嚼滿溢的酸味，一跳一躍進入臥室換衣服，準備外出預購國家音樂廳週末入場券，聆聽捷克絃樂四重奏樂團的演奏。為這場期待已久的音樂會，昨天晚上還特別向丈夫推薦：

「你一定要參加，」她嘻笑著：「照片中樂團的大提琴手，那股帥勁，簡直就是你的化身。」

臨出門前，她又回頭端詳寬敞客廳疏密有致的擺設，再次品味空間透露出來可以遠觀褻玩的節奏感，而後蹲身從牆角一堆兩尺見方夾板找出橘黃色的那塊，掛進由屋簷垂下的鐵鉤中。

天空有些陰鬱，烏雲飄浮徘徊。佇立直往庭院大門的灰褐水泥地，鑰匙握在手中，她猶豫是否應該進屋內帶把雨傘。

「只到衡陽路書店，不必這麼囉嗦罷？」

輕裝便服慣了，平常出門她從不帶任何東西。

「擔憂下雨，就包計程車來回算啦。」

「可是單我一個人搭計程車安全嗎？」

「買兩張票，到時他沒時間陪我去怎麼辦？」

「再怎麼說，這場演奏會不能錯過。」

庭院花圃翠綠的茶花枝葉間，幾隻白頭翁吱喳飛跳。像似突然遺忘如何應付晴雨變化，許多莫名緣由的想法在心中輾轉反覆，使她難以立刻踏步進前打開大門。

「單純為帶把雨傘，浪費心神豈不可笑。」

想到這裡，她聳肩微笑，移動腳步往屋內走去。抬起頭，那片兩尺見方的夾板，橘黃色光輝不停閃爍，她感覺夾板像一聳偌大高牆阻擋去路。

「為什麼非懸掛這塊不可，橘黃色絕不襯合我今天的心情。」

她沒進屋內，拉開簷前的籐椅坐著靜想。遠處號稱全市最高的六十層大樓，隨著天色黯淡只剩模糊影像，丈夫在裡面上班，看似近，又極遙遠。

「為什麼是這塊令人討厭的橘黃！」

她今天不喜歡橘黃，卻非掛上不可，因為她和丈夫之間有一層約束。婚後舉凡家居開銷，外出會友，甚至何時生小孩，丈夫全都尊重她的意願，唯獨上班時間不能打電話到辦公室的這點頗為堅持。

「也沒什麼特別緣故，我實在忙得很。」她丈夫只這樣輕描淡寫就不再多說話。

爭執片刻，她終於讓步。

「這樣好啦——」

她自覺智慧汨汨流生：「從你公司第三十二層大樓辦公室窗口，若用望遠鏡，我們家的動靜不是盡收眼底嗎？」

她很快買來一具高倍望遠鏡和成堆夾板，以空白名片紙寫下各種漆塗顏色所代表的意思，塞入丈夫皮夾：「透過望遠鏡，再拿出名片對照，便知道我的處境。」

橘黃色夾板表示有事外出，是她最常懸掛的，但她今天發現：橘黃顏色隱含的輕佻與嘲弄她無法忍受。

雨滴嘩啦嘩啦擊打圍牆邊叢生的旅人蕉寬大葉片，隆隆雷聲由遠而近，飽含水氣的壓低雲層籠罩整個灰濛濛的天空，電光張牙舞爪穿刺而下。過不多久，庭院一片嘩剝急響，到處積滿汙滯的雨水。

她速疾進入屋內，關閉門窗，坐到客廳沙發。抵住體內滲透的寒意，她不停抖顫，耳朵充塞屋頂、四壁交匯侵襲的雨聲。她努力讓心安靜，可是危機四伏的直覺使她無法聚會精神想出一條可以解決的途徑。終至「啊！啊！」二聲，她從沙發跳彈起來，復又重重墜下——那夾雜黃色淤泥的混濁雨水由門縫滲進，像似蜿蜒蠕動的水蛇在地板爬行。

驚惶間，顧不了與丈夫的約定，她拿起身旁電話筒直撥丈夫辦公室。

「雙星工程顧問公司，您好。」電話筒另端傳來女性柔美的聲音。

「請楊經理聽電話。」

「楊經理在開會，請問您是——」

「我是他內人，有急事。」

「請稍候。」

她丈夫跑來接電話。

「歐嘉，」男人喘氣甫定：「十分鐘後我再打電話回家。」

「不行，外面傾盆大雨，雷電交加。」歐嘉開始低聲輕泣。

「我的確忙得脫不開身。」

「雨水四面八方漏進我們家裡，」她拉長呻吟著的嗓音：「我被困住，趕快回來救我！」

「真的，十分鐘後。」

話已說盡，避免節外生枝，男人立即掛下電話。他從窗口往基隆河的方向眺望，晴空萬里，蔚藍天空下，圓山大飯店龐形高兀的紅漆建築與背後青蒼蓊鬱的山色交相輝映著亮麗的光芒。

「什麼雷電交加！說好不打電話到辦公室，真是的！」

男人正在公司會議室對包括董事長在內的公司主管級人員，作每月一次的業務報告。無謂的中斷令他懊惱，他向接線小姐嚴厲囑咐一番，快步走回會議室，繼續他的報告。

「諸位同仁，很對不起。剛才我說到國內各項重大工程相繼進行之際，物價受到公用事業調高的預期心理影響，顯示上漲壓力不輕。我認為只要上漲率尚未超過政府設定的百分之三・五，本公司——」

歐嘉平日守信不渝，她說傾盆大雨是否另有隱情？又為什麼哭泣——男人腦際插入這則將近五秒鐘的雜音。

「台幣自從升破二十五點六的關卡即不斷貶值，中央銀行也沒有進場調節匯市的跡象，它將逼迫油價上漲。」

難道她當真陷入險境？大人可不輕易哭泣——雜音一次一次增強振幅，男人的舌頭霎時膠澀起來。

「行政院公平交易委員會公布獨占事業名單，實際上沒太大實質意義，各種行業間的牽動關係，像生物界的食物鏈……」他警覺自己意志無法集中。

會議室長方形大桌中央，身著唐裝、嘴角蓄留威儀髭鬍、領頭開會的董事長，冷冷凝視這個似乎變了樣的部屬，手指在桌面上輕輕敲鎚。

「楊君，」他伸出手臂，揚袖揮晃：「再這樣頓頓挫挫，你的話沒人聽懂啦。」

「對不起，對不起，」男人赧紅著臉彎腰鞠躬。

顧盼所有在場同事陰晴不定的詭譎表情，他不安的情緒乍然消逝，毅然挺直胸膛，閃起炯炯發亮的眼珠，將朗暢雄渾的聲音傳至會議室的每個角落。

鄰近大直圓山，基隆河岸四圍一片暗黑，狂暴的驟雨依舊流連未去。歐嘉雙腿盤坐餐桌上面，沉寂望著地板流動的波瀾以及屋頂牆壁不斷宣洩的漏水，「我要耐心等，」她想：「他回來可得經過艱難跋涉。」

原載一九九三年三月二十八日《中時晚報》

街口即景

晌午過後人潮逐漸散去，這條從市場延伸，聚集各類攤販的狹巷方始浮現曲折老街原本風貌。梅香停佇街簷玉器攤前，揀起橙黃琥珀串珠，對著天空仰視粒粒扁圓珠子透出的渾芒色光。

擺攤婦人從梅香手中接回串珠，燃起打火機熏燒，湊近她的鼻間：

「嗅到松脂香罷？妳是老主顧，知道我從來不賣假貨。」

本想在附近打理午餐，聞到麵攤油膩煙氣，幾天來未見好轉的感冒讓她失盡胃口。折回巷口，經玉攤阿英熱切招呼，百無聊賴停下腳步，聽懸掛成串的小玉環風中相互撞擊的清脆叮響，順手拿起琥珀珠環握進掌中把玩。

「的確是精品，像妳這樣懂得品味的客人不多。」

對玉攤阿英的恭維，梅香抿嘴微笑。不久前曾經買過一只雕刻螭龍的古玉珮，價格便宜又看得順眼，不經討價就買下來啦。她自己很清楚：玉器良窳她是全然外行。

阿英從攤後走到攤前，拉開垂掛胸前的皮包，從裡面掏出一只玉器托在手掌中：

「今天特別推薦一項精品中的精品——」

那只男女交擁圖構的玉雕，陽光映照下，女性腰身後挺突顯乳房的形樣栩栩如生。

「有這樣的東西啊！」梅香接過手仔細端詳，又交回阿英手中。

「這叫壓箱寶，」阿英將玉雕放回皮包：「古時候只有富貴人家才有這種隨嫁品，不是有品味的顧客，我不會隨便拿出來獻寶。」

梅香想起昨天睡到半夜，丈夫突然伸手過來，即使罹患感冒，她依舊敏感地欸了舒氣，雙腿痙攣幾下。

「中意吧？算妳便宜。」

梅香搖了搖頭，撇下玉攤往交叉路口走去。嚴重的鼻塞令她感覺無比倦怠，「還是乖乖買藥吃罷，」這回她不想繼續硬挺。

買完感冒藥，梅香靜坐藥房走廊供人歇息的木條長椅，望向對街那幢斑駁傾圮日式老屋。清冷寒風微襲，某些長年淡忘的影像交疊錯綜在腦際閃爍，突然憧憬起遙遠北國亮麗的雪景。在這條以販售中古家具和訂製皮鞋聞名的老街生活十幾年，廢置舊屋隨處可見，她從不曾感受如眼前這間畸角尚存的二層樓房，殘留的生息蠢蠢欲動。

街路異常安靜，木造樓房殘破窗櫺像黯淡的窟穴居高俯臨，下方磚砌圍牆覆蓋九重葛雜亂的岔枝，庭院樟樹高伸挺拔，燦綠葉片微微抖顫。彷彿竄進久遠年代，她依稀聽到錚噹琴鳴，和著女聲幽咽吟唱，透過兩扇敗破朱門在屋外播散。

「如果天空飄落紛飛的雪花——」

她溫潤的心懷浸漬在無以言喻的臆想之中。

朦朧間雪花當真落了。

久遠以前，英國愛丁堡大學校園小溪旁，一棵繁葉落盡的榆樹下，正吉手捧兩杯熱巧克力，橫過小橋踏雪而來……

「應該有純白如羽飄飛的雪花才對啊！」沒有人回應她幽深內心的蕩漾，那已經褪卻顏色的往事，如雪花般消融在異國泥土裡。

鬆開纏裹頸脖的圍巾，一股冒氣似欲衝破鼻孔，隨而輕聲哼咳，又將它壓進喉嚨。恍惚中驚醒，眼前只剩午後灰濛濛天色，以及全走了樣的景觀。她緊握手中藥包快速前走，耳際嗡嗡顫鳴，清晰傳進訇隆巨響，她沒有回頭，直覺得那幢荒廢經年的老屋就此傾圮崩塌。

穿越十字路口，素常稔熟的聲音又充斥她四周：交通號誌燈下賣甘蔗雞的流動攤販，腰圍肚兜，利刀篤篤砍向砧板；工事中的新建大樓，壓樁鐵杵響起令人悶胸暈眩的波震；摩托車破碎爆裂聲當街劃過；便利商店電動門開開闔闔，不斷捎來「謝謝光臨」的致禮。

繞過社區公園，穿轉曲巷，又走回筆直大街。自從辭去出版社的工作，一年來除了市場買菜，總是蝸居在可以俯瞰寬廣溪流的公寓大樓。偶爾興起探訪友人或是百貨公司購物的念頭，想到擠身人群的繁瑣又望而卻步。早上接到剛去高雄讀大學兒子的電話，問候感冒病情，講沒幾句，聊到學校生活狀況，直說很忙很忙就不願多說。「孩子還是沒長大來得好！」放下電話踱到陽台遠眺天際，不自禁地重複喃喃好幾次。

現在駐立街道，想到沒有雪景的歲末，一切都索然無味了……這時身後傳來紛沓的腳步聲，猛回頭，一群小孩跟隨她後頭——仰抬圓渾的頭，張開湛亮的眼睛——像似等她發號啟動一場遊戲。梅香彎身舉高其中一個小孩，搔癢他的肢窩，再輕輕放下，四周響徹形形色色孩童的喧譁嬉鬧。小孩執拗地緊抱她的腿，「又怎麼啦？趕快過去跟大家玩！」小孩埋首股間抱得更緊，「媽，我愛妳。」稚嫩童聲一字一字高聲朗讀，鬆開手往孩群奔去。

梅香咧嘴開懷而笑，回神過來發現自己站在臨街魚釣店已經一段時間。屋內最裡處疊高的櫃檯，隔著放置香菸檳榔的玻璃矮櫥，年輕婦人懷抱小孩叼起菸低頭數理手中紙鈔；中央占據整個店面的水池泛出濃濃魚腥味，氣泡不停從池角冒出；四個男客嗬嗬呼喊交手換釣桿，在僅容旋身的池沿移來竄去。無餌釣桿甫入池水，旋即被隱藏濁水的魚隻拖走，人魚之間旋即展開一場纏鬥。

以前路過這家街店改裝的蝦釣場，她總是嫌惡避開。廊道常有一些衣衫隨便鬍鬚沾唇，臉帶橫氣的男人圍坐火爐，烤蝦飲酒猜拳吆喝。如今火爐已經不見，換成專注手中釣桿，不停跳動的一群。廁雜其間唯一異性觀眾，梅香在那充斥陽剛氣氛裡，彷彿看見浮世縮影，糾纏心懷的紛飛雪景，消融得只剩街面回映的淡淡浮光。

「老頭，不要擋路嘛！」白襯衫藍領帶狀如推銷員的年輕釣客焦急呼叫。

老人閃避不及，釣線糾結一起，年輕人舉高釣桿想從老人頭頂滑過，拉力太猛斷了線。老人依舊鎮定順著池魚溜游緩慢抽拉，直到魚身翻白肚皮拉近池邊，另隻手用魚網將牠撈起。

「喔，一尾大魚！」梅香俯身觀看。

「哪算大，我在溪邊一家比這邊大十幾倍的魚釣場，釣過二十斤重的烏鰡，那才過癮！喜歡嗎？送妳好了。」

梅香不置可否，浮現羞赧的笑容。

「沒什麼不好意思的，」老人撈起魚，以手測重：「這尾草魚應該有三四斤重，妳願意接受再好不過，釣太多，提重很勞累。」

她收下這尾不用負擔人情的草魚，越過馬路，沉甸甸的魚在密包塑膠袋掙扎，險些滑溜了手。周身毛孔微微滲汗，胸悶和阻塞的鼻腔一下子暢通了。進入巷口，桂花芳香飛撲而來，踏著輕快腳步，撫拍冬陽照耀下映紅的臉頰，不覺莞爾。

回到公寓大樓，打開塑膠袋將魚滑落水槽，慘白魚嘴一張一歙以最後殘存氣息翻滾抽動。梅香後退兩步皺起眉頭：從小沒有宰殺經驗，這尾還在蹦蹦跳跳三四十公分長的活魚，該從什麼地方下手？

「等牠自然死亡，再來處理罷。」

走回客廳，壓縮電熱水器沖泡濾紙紅茶包，窗外透光打照牆角矮几百合花束，她舒暖暖癱下肩背，坐到沙發靜心等候。

迷惘大半個鐘頭，她進入廚房，提起魚身平放砧板，抽出菜刀刮刨平整如覆瓦的魚鱗，刷刷摩擦，鱗片四處彈飛。厚重鋼刀使來極不順手，望著黑白相間傷痕累累的魚身，已然虛脫那般地疲憊乏力。

休息片刻，一手按住魚頭，一手提刀，從腹鰭用力劃下，銳利刀刃敞開膛肚：魚鰾，魚腸，魚肚，魚肝，混合赭紅的鮮血由刀口往外溢流；拉扯得幾近碎裂的魚鰓從她手中跳開，逃命似滾到地面，隱入廚房木門後面。

梅香一陣暈眩，攤下染血的雙手，急忙奔向浴室清洗腥膩濁血。鏡中映照一張陌生的臉孔，她喑啞張嘴，踉蹌跌撞倒進客廳沙發，雙手貼臉平撫乍臨的驚駭。

那年，愛丁堡最熱鬧的王子街，她買完書站在路口招手，正吉拎著剛買的毛衣穿越馬路，一輛敞篷跑車疾駛而來將他撞倒，身體撕裂鮮血濺灑陰褐的地面。正吉父母趕來將遺體運回台灣，她隨機回國，暗自立下誓言，此生絕不再踏進這塊土地。

魚腹四濺的鮮血勾起這段悽慘的回憶，她已不再像年輕的時候那樣徬徨無措，心中雖然怖慄但不顫抖，寂靜中她極盡找尋可資為己辯護的道理：

「這尾草魚終究難逃一死，即使不經過我的手，那位老先生也會輕易料理牠的；我還心懷歉意，他人或許連心念都不會動；我只是路過偶遇，殺戮並非我的本意，當牠孵生為魚時，早就註定這種下場。」

層層辯解並沒有減輕她的負荷，理由越豐富越增加往下沉溺的重量，內心梗塞一種描摹不出的感受，不斷針刺她曾經布滿血跡的雙手。

公寓大門開啟，她的丈夫提著公事包走進來，脫去西裝外套，擲到她身旁，朗聲說：

「梅香，早上出門交代過的，紅鮒生魚片買了沒有？」

她翻開怖懼的眼睛，齒牙咔咔顫響：「魚？魚可以吃嗎？」梅香湊身進前抱住丈夫直挺挺的腰，躲入他臃腫的肚皮，發出尖聲啜泣。

原載二〇一五年六月號《印刻文學生活誌》

天暗，燒香去囉

老人金能坐在纏籐交椅上，瞇起眼睛徜徉午後市集散去清靜的街道。冬日陡現的暖陽照射下來，鬆厚夾克包裹的那層溫熱使他逐漸萌生睡意，偶傳的汽車引擎聲，由近而遠，終至融入映著淡光的空氣裡。

雖是年關將屆的深冬，遠處小土丘競相伸展的翠綠依舊緊緊覆蓋它所根植的土地。斜對面國民小學圍牆邊緣繁密的聖誕紅葉片迎風微晃，抹藍的天際幾隻灰鴿優遊盤旋翱翔。

北面側巷隱約傳出模糊的鑼鼓聲，音量愈來愈響，在金能注視下，前行隊伍終於從巷口冒現，大鼓亭熟練敲撞緩行的節奏，四周點綴各色樣塑膠花的運棺車跟隨其後，穿麻戴孝的小男孩在遮陽傘下捧扶靈位，隨飄動的招魂幡慢步前進。出殯的行列並不長，兩三分鐘內便通過主街路口，繼續往郊外走去。

「誰家的媳婦，那麼年輕就過身。」

逐漸遠離的嗩吶聲聽來恍若烏鴉的哀啼。

「棺材裝死的，不是裝老的，這句話有些道理。」

從短暫的心神驚駭中回省過來，金能腦際倏忽滑過一個急閃的念頭，但沒有存留些許可資正視的畫面，只是一種混沌，無以名狀，像寒冬偎依火爐旁那般熱烘烘的舒暖感受。

「金能兄，」

老人側頭仰視佇立身旁，清癯高瘦的訪客。

「今日嘸去淡水？」

「鱙仔魚脯交給第三後生的雜貨店去賣就由淡水坐車回來，年歲大，路邊擺攤仔，曬日吹風總是嘸快活。」

「阿娟喔，再拿把籐椅來，」隔著廊道，金能向屋內呼喊。

「阿娟離家出走囉！」

屋內傳應悻悻高引的回答。金能猛然醒覺，這個自小鍾愛的國中三年級孫女已經兩個夜晚沒有回家，媳婦從清早開始生氣，怨東怨西，彷彿身上糾纏火炮引信，隨時伺機點燃爆炸。平時對孫女阿娟使喚慣了，不覺脫口叫出伊的名號。

他的媳婦拉提一張相同的籐椅踱過來。

「再富叔，請坐。」

婦人勉強擠出笑容，可是很快又繃回原來的模樣。

「真嘸好款，回來一定將這個死查某鬼仔的腳蹄剁掉！」婦人喃喃自語。

金能悶笑著把歪擺的籐椅拉上。

「大人也沒什麼好樣，所有的代誌放給我查某人擔，自己去逍遙自在。」

愈說愈憤慨，金能的媳婦漲紅臉提高嗓音：

「說要去街尾阿全他家標會仔，真會講，老早就死會，當作我不知道。」

金能眉頭攢皺，一邊嘶吸齒間雜垢，一邊拉整套腳的白色棉襪，心中默默起疑：「瑞榮什麼時陣開始學會講白賊？」

四十幾年前金能運貨事業鼎盛時翻建的這幢座落金包里主街三角窗的三層樓厝，他給曾經在淡水跟隨阿善師學廚房手藝的么兒瑞榮經營飲食店。或許生性保守不知變巧罷，附近新型海鮮餐廳亮麗的裝潢吸引無數到海水浴場戲水的遊客，瑞榮的飲食店依然維持雜亂無章的老樣，食客稀落，毫無起色。

「阿爸，瑞榮回來，好歹總勸他幾句，我講話他從來聽不入耳。」

金能沒有回應，等媳婦轉身進入飲食店，舒緩憋熬的悶氣，望向身旁的老友再富，直搖頭：「查某人講話大聲，尪永遠齣出脫。」

兩個老人不約而同端起茶几上金能孫女阿枝剛送來盛裝熱茶的保溫杯，相視而笑。

籠罩他們的冬陽，泛映清澈的淡彩往老人浮皺的臉龐跳躍。各自啜茶的緩慢動作裡，兩個老人像似仔細品味靜坐街角的恬澹安逸。水珠沾留他們短促的白髭間，因為燙熱，嘴唇漸都透血紅潤。

「今天是個好日子，」再富拿起散落茶几的鹹炒花生，邊剝邊說。

「很久沒翻曆書，不知道日子好到什麼款？」

「下午從淡水坐客運回來，沿路出山陣頭和娶媳婦的熱鬧，最少看五、六件。」

「走不到幾步路筋骨就痠軟，所以我愈來愈不愛跑動，街頭巷尾的喜事凶事，沒人提起，攏不掛心。」

金能喉嚨發出輕微的聲欬，像似刻意掩飾吐露尷尬處境所帶來的靦腆。

「人都會死，雖然我每天好像閒不下來，其實和別人同款，都在等赴天國的簽證，哦——」

再富突然想起另外的事，點燃香菸繼續說：

「聽說秋月死二十幾天，你收到訃音有嘸？」

「嘸哩，」

「當初坤生行船墜海，你對他們母子照顧那麼多，現在囝仔有錢，工廠開二、三間，攏沒來探頭，人情薄得像紙。」

「過去的事情囉。」

「那時陣街坊造謠許多閒話，伊從頭到尾都不出聲也不對。」

「查某人講的話誰會相信。」

「但是自己不辯解，親戚朋友的誤會就更深。」

「伊一生也算歹命，坤生過身，為了養囝仔度三餐，我駛卡車，伊隨前隨後，閒話就跟著來啦。」

雖然這樣說，但是每當閒聊，再富撩起秋月的話題時，金能內心深處經常如此問自己：「我們被說閒話，當真只是一場誤會？」

坤生死後留下兩個孩子，大的五歲，小的二歲。再富在貨運行擔任搬運工，還沒結婚，金能幾次想撮合他們，都被秋月拒絕。閒話鬧得頂凶的時候，再富挺身而出，以這段事緣向大家證明金能的清白。閒話廓清了，秋月不作任何辯白，黯然離開貨運行，從此沒再踏進金能的貨運行一步。再富幾次自告奮勇登門催促，絲毫不能改變她的意志。

「伊兩個囝仔不曉得在辦什麼代誌！」

再富的恚怏傳進金能耳中，反倒令他感覺尖刺，愧疚之心油然而生：如果秋月肯和再富結婚，現在的再富也不必拖老命搭客運到淡水販貨魚乾啦。

金能握拿保溫杯飲兩口茶，手指不停顫抖，茶水濺到夾克，渲染衣襟潮濕一片。

「四十幾年前——」

金能吐出這句話，感受一股熱流在丹田亂竄，整胸深深吸口氣，竟至接不下想說的話，眼視前方，愀然陷進沉思之中。

四十幾年前那個夜晚，秋月兩歲的孩子腹瀉高燒不退，他開貨車送他們母子到淡水急診。回程經過阿里磅，他將卡車停靠路邊，明澈的月光映照廣瀚的海面，除了浪潮拍岸的細碎聲，四周平靜得彷彿置身無以名狀的境域。金能側頭看見小孩偎身她渾挺的乳房蠕嘴吮吸，薄施脂粉的秋月翻起一雙似乎受到無比驚悸有待撫慰的深邃大眼，失神望向他，光滑的額頭滲透幾粒汗珠。薰暖南風由車窗習習吹進，雖已結婚多年，金能從未領受這種幾可燙心的女性柔媚，伸手想去貼摩她的臉頰。異樣的對視中，秋月懷裡的小孩突然放聲大哭，金能縮回停駐半空的手，整個臉仆跌駕駛盤，傾聽秋月撫拍小孩後背的哄哼。從遙遠天際被拉回現實的兩個人，回程灰砂土石顛簸的路途上，沒人開口說一句話。

「大概因為這件事情，使她吃許多苦罷。」

「什麼事情？」

「嘸啦，講起來也不算事情。」

封閉多年的秘密幾乎禁不住傾瀉，金能兀自心驚，寒風吹來，渾身直打哆嗦。

「再富你聽，出山的陣頭又來啦。」

金能指向響起一陣絲竹聲的北面側巷。

只一會兒工夫，逐漸壓近的雄壯樂奏震天徹地，隱藏國小操場老榕樹內的成群麻雀啁啾飛散。手臂束繞白色巾帕，精神抖擻的中年男人從巷口疾步踏出，他們分據街道要津等候指揮交通。

遵行的大鼓亭那面黃褐色偌大銅鑼閃爍暗濁輝光，鼓吹手腫脹腮幫仰天吹嘯，狹窄的巷道頓時被出殯的行列塞滿。

「陣頭真熱鬧，不知是那戶人家？」金能問再富。

「沒聽人講起呢。」

兩個老人鑽進街口看熱鬧的人群裡，遠望緩行出現的出殯隊伍。西式樂隊高揚的小喇叭和著鼕鼕跳動的大鼓，壓抑各式絲竹的嗚咽。女性樂手白色鑲彩邊的制服整齊亮眼地在十字路口左右搖擺，最前方，緊衣厚臀的婦人，銀白色指揮棒上下抽拉，順節奏腰扭著類如舞孃的步伐。

裝飾屋厝形的靈車滿布朵朵盛綻的黃菊，車頂中央亡者黑白照片踞高俯臨。

「是秋月！」再富拉高聲調說。

金能目力尚佳，早就看出是誰家的葬禮。

照片中，秋月雖已老邁，在金能眼中仍舊是最後一次正面相視的印象——伊蹲踞井邊，淘洗鄰家送來堆疊如山的衣服，倔強拒絕他金錢幫助——那副抿嘴苦笑，挺傲而俏麗的臉。

靈車緩慢駛離，金能看見她的子孫蒙披痲服，撫棺啜泣，想到盛裝躺臥棺材的秋月，孤單面對狹窄空間裡的封閉和黑暗，那一閃，彷佛長年膠著的意識突冒一粒粒強力上衝的氣泡，激勵他沒緣由想奔跑過去，俯身對她說幾句貼心話。

素來樂天安命的再富，顯露罕見的哀容：「村裡老人一個個死去，不曉得那天輪到我們——」

金能拉再富的手臂坐回籐椅，隔著圍觀的人群，各自點起一根香菸，執紼送葬的冗長和一部接連一部無以數計的花車，都在兩個老人緘默中溜去。

路口受到阻滯的車輛暢通以後，冬陽落照的大街又回復原初樣貌，冷清而略有寒意。

「阿娟，提滾水來沖茶。」

金能叫著，走來的卻是他的媳婦。

「哦，阿娟不在家。」金能撫頭淺笑。

媳婦沖完保溫杯，將茶壺放落地上。

「阿爸，查某囝仔人現在不教訓就來不及了，」她臉色鐵青：「剛才打電話問伊同學，說前天暗暝一堆人在同班的麗雲她家猾，我親身去問問。」

說著，騎腳踏車匆忙離去。

「她一直當我的面說阿娟的長短，認定伊不回家睡，就是我寵壞。」

再富默默打開保溫杯蓋子，喝幾大口茶，吐出茶末，站起身。

「我應該回去啦。」

「再坐聊嘛。」

「石湖退流，這幾天輪我巡水，有好貨色，我招幾個老兄弟，叫瑞榮煮來配酒。」

金能目視再富漸行漸遠，因挑擔負重顯得有些佝僂的背影，心中一再咀嚼他剛才說的話：「老兄弟？每年入冬總有人過身落土，老兄弟剩幾個？」

他感到落寞寂寥，靜坐的逍遙霎時變了樣：茶水苦澀，鹹炒花生剝殼的喀喀響無比嘈雜，冷風從籐椅的縫隙由下往上穿孔襲擊，更甚的，多喝幾口茶膀胱脹得難受。

「阿枝，籐椅和茶杯攏收進去。」

金能拐入厝內上了一陣廁所，踱回店口，阿枝已經將兩張籐椅擺回平常的位置。瞅瞧埋頭認真寫作業的孫女，湧起自小忽略她的愧歉心思：「阿枝像她老母，嘸嘴水，乖巧是乖巧，嘜賺人惜。」

「阿枝，」金能逗趣說：「妳讀的ＡＢＣ，阿公也會唸，書拿來，阿公唸給妳聽聽。」

阿枝嗤嗤嘻笑，把保溫杯放他面前茶几上：「阿伯打電話來，明天禮拜日他教書的學校有代誌，說不能回來金包里。」

「每禮拜攏有代誌！來和阿爸熱鬧熱鬧攏做不到！」

金能心裡面嘀咕，想逗弄孫女的興趣也消瀉了。

雖然彼此不點破，可是金能明白得很，自從把三層樓的所有權登記給瑞榮，大兒子瑞林就很少回家。起初他並不怎麼在意，只是想：「你人在台北生根，厝讓給住金包里的兄弟有什麼不公平？讀到大學自己有辦法顧一身，小弟連初中都沒畢業。」一表面瑞林對家產的處理沒表示意見，但似乎愈來愈疏遠的款樣，每當瑞林說好回來又臨時變卦，金能就不自覺疑慮敏感。

「計較啥？倘若我的貨運行沒失敗，卡車原在，分多少財產攏有。講來講去，還是瑞榮自己沒出息！」

店裡一對年輕男女顧客坐前端臨窗的餐桌舉杯互敬，狀頗愉快，金能望在眼裡：「好好經營怕沒客人，他們兩人不是吃得津津有味嗎？」

他的媳婦將腳踏車拐拄門口，氣沖沖快步衝進，打開廚房水龍頭，急水嘩嘩四濺。

「麗雲也是二暝沒回家，連參詳攏嘸，硬賴阿娟將他們查某囝仔帶壞，有那款嘸講情理的父母？錢嘸兩銀敲得響？」

婦人渾厚的中氣掩蓋落入洗濯槽的水聲。

這時面向廚房的男顧客高叫：

「老闆，你們這盤炒蟹腳鹹得嘴都要發麻！」

「菜太鹹？憑那嘴白，我就是大廚也憮法哩，」媳婦嘟囔的聲音雖細微，金能字字聽得清楚：「同樣鮮，我們價錢才別人一半。」

阿枝放下手中功課走到客人面前：「先生，對不起，我們有辦法補救，絕對讓你們滿意。」

「算啦，」客人說：「清帳。」

轉眼間，飲食店空空蕩蕩。四組小方桌和二組大圓桌佇立灰淡的空間，泛黃牆壁褪紅的價目表，歪歪斜斜的字跡像似騷動的馬蟥競相蠕伸旁邊歌廳海報裸體女郎身上。金能兩手攤置籐椅手靠，漫視大馬路映透的令人眼眩的亮光。

「應該留再富吃飯，今晚我可以和他比酒量。」

他的媳婦腰纏圍裙，提不鏽鋼平底鍋，打開店門口冰櫃，金針、銀耳、洋菇、大蝦、肉片……一層一層往鍋中累疊。

「阿母，阿伯說不回來。」阿枝說。

婦人怔頓片刻：「他不回來，我們自己也要吃。」仍舊挑選大堆火鍋料往廚房走去。

外頭溜達整個下午的瑞榮終於騎摩托車回家。摩搓雙手走到金能跟前。叫聲：「阿爸，」便直截進入廚房。金能張豎耳朵，幾次猶豫是否該進去賣個老臉，平息他們夫婦可能引發的紛爭。

廚房並沒有傳出什麼異響。

只聽到瑞榮說：「其他的菜妳來。」便端出一盤熱冒的菜肴放圓桌，伸手攙扶金能。

「阿爸最愜意的糖醋鱸魚，趁熱吃。」

金能坐上圓凳，手貼靠桌緣，面對裝扮入時、意興風發的兒子，反而遲疑無法下箸。

「這尾鱸魚中午殺好，一直浸泡醋裡面，全金包里嘸人有這款手路。」

「光講窩心話有啥用？用這層心意服侍客人，他早就發了。」

不忍心掃兒子的興致，金能湊嗅它的香味。

「阿娟兩暝沒回家囉。」金能說。

「我有去和學校老師聯絡，」瑞榮說：「伊叫同學去查，有消息馬上打電話來。」

「你真放下心？」

「阿娟自小精巧，不會丟掉啦。」

「你什麼事情都不掛心，四十歲人，眉邊一條眼結攏嘸。」

「阿爸，」瑞榮鄭重其事地：「其實有一項更重要的事情和你參詳。」

眼前有比女兒沒回家更重要的事嗎？金能立定決心要好好數說一番，任由他輕忽怠慢，夾在媳婦和兒子中間很難做人。

「什麼事情？」

「往草山溪邊那塊地，我想拿來開魚池，做食賺嘸錢。」

「本錢呢？」金能亮開一抹厲眼。

「所以才想和阿爸參詳。」

「參詳啥？」

「人工和抽水馬達需要一筆錢，不過供人釣魚，半年本錢就可以收回。」

瑞榮不僅動現時租人種菜那塊甲半地的腦筋，連蓄存農會的棺材本都想挖掘。

金能起初是生氣，接著憐憫他不懂事，最後感到一股沉重的抑鬱。

「其實本錢沒需要多少——」

老人沒作聲，出神望著圓桌上裹紅的魚片。

圓桌後面寫功課的阿枝，高呼打斷他們的談話：「阿姑和姑丈回來啦。」

金能一側身，幾天沒見的女兒走過來抱住他，頭隱入他的臂彎。

三歲那年高燒失察，燒壞她的耳朵和原本可以正常發育的智慧。三十多歲了沒生子女，嫁的丈夫除了會話說，偶爾跟隨鄰居到基隆碼頭打零工，情況沒好多少。

「憨查某囝仔嬰——」

女兒抬起清秀的臉，「啊啊」興奮叫著，那聲音彷彿在叫「阿爸」。他撫著女兒的頭髮，淚水沾潤眼睛，很快又被他吞回去。

「如果我死了，這個憨女兒誰來照顧？瑞林？瑞榮？恐怕他們連自己都照顧不來！」

老人感覺責任沉重：這身老骨頭就像一塊酥餅，餅破了，只剩下一些連接不起來的雜碎。孩子是長大，個個依然需要他的提攜，倘使貨運行的事業原在，這些問題就不會發生。

「七十二歲學丹功練身體會回復康健嗎？」

早年殘餘的血氣，全部自體內幽微角落浮冒聚集。

「以再富的筋骨，絕對有辦法做我的二手。」

「雖然老，人面猶在。」

「做什麼頭路？眼睛已經濛霧，能再開卡車嗎？」

「志氣原在，什麼代誌不能做？」

老人霍然站起，滾湍的血液翻騰，熱氣從腳板越過三焦脾肺上衝頂門，筋骨無比活絡舒暢。

「天暗了，燒香囉。」

金能撐直騰胸膛往店門口走，這時到台北景美大兒子瑞林家小住的老婆，從門外蹣跚踱進來。

「咦，瑞林沒送妳回來？」

金能嘻嘻咪笑，老婦不加理睬。

「幹！這個查某就是愛怨歎，伊有秋月一半多麼好。」

「燒香去囉！」

金能的暢音幾可消融冰櫃裡的白霜，他往市場對面開漳聖王廟走去，瑞榮追出呼叫：

「阿爸，等你回來，全家做伙吃飯！」

恍若沒聽到，金能繼續走他的路。

「幾十年來，無論凍霜落雨，每天我攏來祢的廟燒香，今晚我要擲筊抽籤，聖王爺，好歹總要指示我。」

灰冥的天色，市街燈光大亮。金能站路中央，只覺得四周到處塗抹燦爛刺目的白色，像踏進異域，蜿蜒的衢道往前無限延伸，開漳聖王廟豎起聳天高閣，敲響徹耳的鐘鼓聲，貼附他蠢蠢欲動的心懷。

原載一九九二年五月十四日《中國時報・人間副刊》

尋找缺席客

我坐在經常的直條位置上。電聯車引動急拉的扭力，前衝一陣後，像舒緩氣息，漸以穩定的速度前進，我才恢復端坐的姿勢。

「對不起！」我向旁座受到擠靠的年輕女人致歉。

或許由於喉間發出的生澀聲音無法讓她感受誠意罷，她望我一眼，隨即轉頭，從鮮白色燙平窄裙上的皮包裡拿出報紙，緘默低視。

這位年輕女子的冷淡反應，使我感到一如橫遭白眼，心中暗生不平之氣。晃晃盪盪的車行當中，愈發強烈意識她的存在，感官知覺隨之敏銳起來：化妝品的味道，翻動報紙的沙沙響，甚至她肩膀透出的熱氣，窄裙下微露的雙腿，彷彿對我傳來乍臨的刺激……

每天清晨六點半，我準時搭乘這班方便通勤學生及上班族而加開的電聯車，趕赴二十五公里外的台北上班。我習慣選擇最後一節車廂，在設定的空間裡，每個人的臉貌因為長時的眼觸而變得熟悉。他們絕大部分同我一般，按時搭乘這班電聯車，也同在台北下車，然後匆促埋進浪潮似的人堆，投身自己的工作或學業。次日清晨再次匯合，積年累月毫不爽差地實踐這種若非刻意體察，無法清晰鑑知的循環日子。

我是這群乘客中的老資格。從求學時代，直到台北市政廳服務一晃二十幾年，不曾遠離家鄉，全在這條路徑來回度過。我歷經燃煤車、柴油車，到今天這種有冷氣、站站卻停靠無異變相加價的電聯車。隨同輪軸轉動的嘎嘎聲響，窗外驟逝的景觀或是車內偶傳的喧嚷，我熟悉到聞嗅風揚空中的陳味便知車行何處，以致老早就不再有任何令我悚動的新鮮事啦。

現在，旁座的這個年輕女子，論年齡，當她父執尚且綽綽有餘。為什麼會突生一種幾乎令我窒息的侷促？她青春洋溢的表象外，究竟還有什麼可讓我忐忑不安的？

兩年前我的妻子肝癌病逝省立醫院加護病房，護士將她推出時，尚不停壓縮灌氣。依風俗，嘴裡些許吐納都不殘留，便無法運回家厝安葬。外地大學趕回家中等候的兩個女兒，從救護車扶下她們的母親，等不及其他親戚趕來便忙亂為她換衣整裝，衣服一件一件卸下，我用手撐持她餘溫猶存的背脊，光滑白皙前胸的乳房渾挺著，伸直的雙腿依舊維持美麗的體態。這是我意識混沌下，極其慘淡對女性肉體所作最後的一瞥。

往後日子裡，無論何處，從來未往一個女人身上作任何幽邈的遐想。喪失再偶條件的獨居日子，規律刻板的通勤往返工作，最大的快樂只是兩個女兒假期回家，向我擠靠過來，相互調笑男生追求的憨樣。她們依偎我的耳鬢細語，彷彿時光漫意倒轉，她們的母親鼻尖滲下幾粒汗珠依然在廚房料理晚餐。

旁座女子傳來的香水愈來愈刺鼻，夾雜玫瑰的清沁氣味，我幾乎不敢側頭看她，心中暗生惴慄。

「當真是她的冷淡無禮激動我了嗎？」

我持續尋思：

「或是她的生機蓬勃，崩潰我素來虛偽的壓抑自制？」

我必須開始仔細整理自我思維。第一次意識到這個女子的身體，大約十幾天前，通勤以來最擁擠的那次，事實上我只是暗裡對她表現我的善意和憐憫，別無企圖。

說起善意，得找到鶯歌上車的那個男人，以免誤會我是在作無憑無據的臆測。

今天不知什麼緣故這節車廂少了學生，走道顯得寬敞，只稀鬆站著幾個人。我很快就在距離三四公尺遠的地方搜索到那名男子，那張老臉：高大臃腫的身材，年紀三十上下，洗到泛白的襯衫垂吊細長陳舊的領帶，他正一手攀拉環，一手捧書貼近臉龐，像似應考前的衝刺，十分專注肅穆。

記得那天下著雨，不僅我沒座位，連首站上車的旁座小姐也只能在車門附近握著鐵柱維持平衡。我抓住拉環，另一手以雨傘頂著地板，雖然和她靠近，我儘量以腳跟支撐重心側向她，讓出些許空隙。不久，看書的男人硬塞到我身旁，面對面和女人並立。

「為什麼要和陌生女人造成那種尷尬曖昧的姿態？擁塞成這樣子看得下書嗎？他的另一隻手為何下伸？不攀拉環如何保持身體平衡？」我心中充滿疑竇。

大家貼得那樣近，我無法探視他隱藏的手在做什麼騷動，但我可以感覺，車行搖擺間，這個緊抿嘴唇的女人正若有若無受到肆虐，卻努力裝出若無其事的矜持。

我突然激湧一股閒氣，調整自己站立的位置，使力將兩人間隔開來，正如我的猜測，他下伸的手竟不知情地順車行搖晃的節奏往我身上偷襲。

這就是我曾經付出的善意。在我間隔他倆的時候，由於和她貼近，身體偶然碰觸當然免不了，她是否因此誤會我也湊前企圖分一杯羹，才會對我剛才的道歉顯露鄙夷的臉色？

實情若是如此，我將如何證明自己的清白？心中逐漸增強的不自在，使我越發對自己的行止缺乏信心。

或許原本我就不怎麼清白，幾十年來自己苦心鑄型的社會人樣貌，一有適當根據，隨時會以較好的技巧從那樊籠迸跳而出？

我被這番嚴重的典視所煩苦。

電聯車經過樹林站，繼續往下滑行。旁座的年輕女子，報紙攤散膝蓋，竟呼呼打起盹，她側頭斜靠我的肩膀，為免驚擾她的靜息，我繼續讓她靠著。

「並沒有對我存戒心呀！」

潛隱間我自覺在年輕女子面前恢復了長者的面目。她身上濃郁的香水味好像乍然淨除，我心頭漸轉平和。

「想占人便宜，或是被占便宜的，如果各自都不以為意，沒有爭執，沒有波瀾，或許正符合人際的生存規律，我何必刻意介入，讓自己翻攪難耐？」

車廂顯得特別寧靜，彷若真空，接著我想：

「整部電聯車的最後車廂，一群互不相關的陌生人每天清晨都來湊合搭同班列車，不正默默顯示某種固定的秩序嗎？」

我為這靈現的覺悟高興。

車內每張熟透的臉孔都在：

對面聚精會神閱讀袖珍本英文小說的老頭，永遠在前面幾頁翻動，一頭斑白的頭髮，嘴角時而垂涎幾滴口水；附近托腮瞌睡，頭髮短得像男生的少女，紅頰似蘋果；總是滿臉愁樣，斜睇窗外的中年婦人；手按電子計算機，不時露出狐疑表情東張西望的男士；逢人散發福音單，形色倉卒喃喃自語：「罪人，罪人，」的勸善客；還有許多沒有特別動作讓我描述的乘客……自從加班電聯車開通以來，每天，他們都在一成不變的舉態裡，完成一日的起始課業。

「這就是所謂的秩序罷？」

像發現謎題的合理線索，由近而遠，我一路數下去。所有的人我雖然叫不出名字，也不知道他們的背景底細，但都存在一張張無法磨滅的影像。

電聯車抵達板橋再往前行，新加入的乘客頓時將車廂塞滿，擋住我繼續揀審下去的視線。只看見結領帶佯裝看書的男子擠到車門口開始蠢蠢欲動。鐵橋隆隆聲將鄰座的年輕女子吵醒，她小心摺疊報紙，微微伸屈，突然轉頭對我說：「對不起！」

大概是為了打盹肩靠，向我致歉罷。

我正想善意回應，直覺得眼前烏壓壓一片人群排山蓋頂而來。

「啊！少一個人！」

我瞪目注視旁座一臉茫然的年輕女士。

「對不起！」她的聲音生怯，想來她是無法明白我心中的焦慮。

可是那個人是誰？百般苦思，我仍然不能從記憶中理出清晰的映像。

「妳從沒留意到那個人嗎？」我皺起眉頭，衝動得幾乎要去搖她的肩。

「對不起！」

她繼續回答相同的話語，仍然吝於給我一些提引。

車子鑽進地下道，亮出白濁的燈光。我起身極力想撥開人群尋出一直存在的那個人，雖然刻畫不出他的形貌，但我知道他一直都在，否則自電聯車開通以來我所理會的車廂秩序就將混亂啦。

窗外地下道暗黃的號誌燈不停閃耀。我因為撥不開周圍厚疊的人群，喉嚨苦澀，兩頰緋紅，無奈張口欲喊，我遭遇平生未曾有的虛脫和惶恐。

原載一九九一年十二月二十九日《中時晚報》

紅絲帶

桌燈聚光下，他繼續發牌。

類如巴斯葛三角形的排列，撲克牌一墩墩整齊排放桌上，由一張一墩到兩張一墩三張一墩，總共累疊七墩。先翻開三角形底部，拿走任意兩張相和點數湊成十三的紙牌，直到最高頂點的獨墩和手中所有剩牌都湊成數字，便算解局。

這個遊戲他已經玩耍了幾十年。久遠以來，每當心情鬱塞，感覺生活蘊存糾結，他便掏出撲克，從牌戲的解閉起伏，勘察即將面臨的事端可能顯露的運數。漫長歲月裡，排列撲克牌尋求啟示，斷斷續續成為他解決難題困境秘藏不宣的重要法門。

步入半百，他的煩惱反倒加多起來，生活雜務以及生命中抽象或物質的體驗都讓他不堪厭喘。他儘量避免親朋好友的會聚邀訪，只留下現時同事間酒肆酣飲吆喝，自我放縱的一個宣泄意氣的窗口，下班回家後經常悶聲不語，默坐書桌前進行他的破墩遊戲。

他獨自一個人住在與家人間隔的頂樓加蓋屋。假日早晨睜開眼睛醒來，等不及刷牙洗臉進餐，便興致勃勃撥卻書桌前零散的雜物，開始發牌。

今天他的運氣似乎特別壞，牌墩不是中途挫頓，便是破解到翻開僅剩的頂點獨墩時，湊點卻隱蔽在手中發牌的長龍堆裡以致留下殘局。幾個小時下來，眼睛乾刺，額頭暈眩，除了偶爾站身舒活筋骨，他始終沒有離開房門半步。

「使上七八十回，連一次都無法破解，純算概率也是人間少有！」

本來他並沒有什麼特別意圖，撩起興致的當時只想幾回就能夠破解，假日討個好采頭而已，可是愈解愈難，所謂卜求運數全然失去意義，他抿嘴苦笑，逐漸感覺危機四伏，每翻開一張牌，心中即刻忐忑不安，彷彿煞有介事地正和肉眼看不見的隱形莊家劇烈纏鬥，隨時都是生死交關的一刻。

「難道有什麼災難降臨？是我，或是和我有相關的人？」

複雜的思維激出一股莫名的衝力，從臟腑溢出，氾濫到他整身直聳的毛孔。

近午，小孩上來催他吃飯。幾次虛應，最後被擾煩，終至重重關上房門，並且上鎖。

「你們這群不知輕重死活的傢伙！」

一生中對自己的家人他從未發過這麼大的脾氣。

「如果我不行，你們也好不到哪裡去！」

長久醞釀而後迸發的嘶聲厲吼，經過執拗、憤怒、疲困交相揉擠匯成的激盪，在封閉室內的牆垣跳彈，穿進他的耳膜，滲入奔騰的血液，汗水順沿鼻樑緩緩流下。

收牌攤牌的動作一再重複，牌墩依舊未曾顯露足堪破解的跡象。他的內心深處突現一道幽微蠢竄的熱流，霍然立起：

「他媽的，任由你去贏罷！」

那道熱流驟然提升，他將手中不停操搓的撲克丟擲桌上：

「老子投降，一切聽憑吩咐！」

室內一片沉寂。窗外積鬱推砌的暗雲滿布天際。遠處高大棕櫚樹叢疾飛而出的落單麻雀，在鄰屋灰褐色水泥屋頂啁啾，像似抵擋不住雲層壓低的重力，振翅撩撥，又頹然掉落。

他緩跌坐下，呆愣執握紙牌，心中充塞臣服劣運所泛生的寂寥蒼涼。

無意間，他低頭看見那只用來綑綁撲克的紅色橡皮絲帶，孤單萎卷牆角。

他定眼瞧瞄纏綿紐結的帶子，像絕望中乍現急閃的光芒。「哈，哈！」呵起豁達的笑聲，俯身捧起紅絲帶，親暱輕錐幾下：

「都是怠慢你的緣故罷，才使我紅不起來啊！」

紅絲帶停駐慣常罷放的右上角，隨著他恭謹專注的眼神，嶄新局面的巴斯葛三角形，在桌上緩慢擴大⋯⋯

一則古老的映像，越過時空，縈繞他清明的腦際：久遠的年代，祖母帶他到菜市場，每當經過榕樹下的測字攤，那個清癯斯文的相士，總是放下手邊的工作，肅敬起立對他們祖孫行徒手禮，喊著：「台秀，台秀！（日語：大將。）」行進間，祖母撫摩他光滑的頭顱，慈笑著替代他接受這份毫無緣由降臨的尊寵。

順沿漸次展露的牌路，他反躬自問：

「我真是大器晚成的台秀嗎？」

「這麼重大的事情，主運者絕無可能立即顯示他的天啟……」如此設想，心境無比坦暢。

闊重的黯色籠罩正午的天空，雨滴搖天撼地打進窗內，轉眼間到處一片畢剝聲。

桌燈聚光下，他繼續發牌。

原載一九九二年十二月十三日《中時晚報》

INK PUBLISHING 讀者服務卡

您買的書是：____

生日：　　年　　月　　日

學歷：□國中　□高中　□大專　□研究所（含以上）

職業：□學生　□軍警公教　□服務業

□工　□商　□大衆傳播

□SOHO族　□學生　□其他 ______________

購書方式：□門市_____書店　□網路書店　□親友贈送　□其他 _____

購書原因：□題材吸引　□價格實在　□力挺作者　□設計新穎

□就愛印刻　□其他 ________________（可複選）

購買日期：_______年_______月_______日

你從哪裡得知本書：□書店　□報紙　□雜誌　□網路　□親友介紹

□DM傳單　□廣播　□電視　□其他

你對本書的評價：（請填代號　1.非常滿意　2.滿意　3.普通　4.不滿意）

書名_____ 內容_____封面設計_____版面設計_____

讀完本書後您覺得：

1.□非常喜歡　2.□喜歡　3.□普通　4.□不喜歡　5.□非常不喜歡

您對於本書建議：

感謝您的惠顧，為了提供更好的服務，請填妥各欄資料，將讀者服務卡直接寄回或傳真本社，我們將隨時提供最新的出版、活動等相關訊息。

讀者服務專線：（02）2228-1626　讀者傳真專線：（02）2228-1598

廣	告	回	信
板橋郵局登記證			
板橋廣字第83號			
免	貼	郵	票

舒讀網「碼」上看

235-53

新北市中和區建一路249號8樓

印刻文學生活雜誌出版有限公司　收

讀者服務部

姓名：＿＿＿＿＿＿＿＿＿＿＿＿＿ 性別：□男　□女

郵遞區號：＿＿＿＿＿＿＿＿＿＿＿＿＿

地址：＿＿＿＿＿＿＿＿＿＿＿＿＿＿＿＿＿＿＿＿＿＿＿＿＿＿

電話：（日）＿＿＿＿＿＿＿＿＿＿＿＿（夜）＿＿＿＿＿＿＿＿＿＿＿＿

傳真：＿＿＿＿＿＿＿＿＿＿＿＿＿

e-mail：＿＿＿＿＿＿＿＿＿＿＿＿＿＿＿＿＿＿＿＿＿＿＿＿＿

INK

同學會

1

從捷運小南門站下車，往植物園方向走，他停佇在博愛路交叉口，望向前方那片圍牆高築，日治時代以來便與軍事有關的肅森建築。

剛進中學的年代，遇到下午沒課，常穿過植物園，沿博愛路走到中山堂對面的美國新聞處圖書館去看免費電影。運氣好，甚至還可以拿到印刷精美的《今日世界》雜誌。

這一帶並沒有大規模的都市異變，寬敞筆直的道路兩旁盛植茄冬，翠綠繁茂一如往昔，偶有鳥雀竄飛，發出翼翅與樹葉摩擦的撲拍聲響。

這條路徑彷佛是他童年的分水嶺：從植物園走出來，一路到總統府後門，多處充斥荷槍士兵站崗守衛，起自意識深層的威脅感愈來愈重，終至成為一條被他廢棄的絕路，以無憂無懼的童稚衡量外界的年代隨著也消失了。

轉身前行，走了幾步路，快到廣州街口時，他猛然想起一件事，折回交叉路口，那幢稱為「自由之家」的典雅白色樓房果然已經不見蹤影。大學結業那年，系上選擇這裡擺謝師宴，第一次進到裡面，印象最深刻的是木質窗架散發一股特殊香味。環島實習旅行回來，他喜歡班上一位女同學，旅途中幾次偕行談黑澤明電影，橫光利一的小說，似乎獲得相當契合的回應。那天她穿著印染橘紅花朵的套裝，略施脂粉，頗有影星費雯麗的架勢。當他想伺機向她建議：是否願意到實習處登記分發同一所學校實習，她正微笑走來遞給他一張紙條，這張紙條他保存很多年才不知不覺丟失不見。內容很簡潔：「以後不要再寫信，我不會回；也不要到女生宿舍門口託人傳紙條，我不會出來。」第一次的異性交往，在發展為戀情前便如此夭折，就像現在這棟建物，完全消失不見了。

2

「如果當時沒有那張紙條，我的伺機也獲得應允，第二天一起到實習處去登記，甚至餐會結束後，在五月盈滿月光下，相偕緩步都會人行道送她回學校宿舍，人生際遇將是另外一種場面吧？」

他在植物園荷花池畔，找到有樹蔭的坐椅，拿出筆記本寫下這段話。

十月，天氣依然燠熱，微風飄來秋荷清香，瀰漫昂然的氣息。很久沒來這裡活動，人工浮島上累疊的烏龜，紅冠水雞穿梭荷葉間，水叢裡靜立不動的麻鷺，依舊是這些熟悉的景觀。

畢業至今幾十年，他從未回過學校，審視從「一九五四到一九六〇」這段時光他並沒有特別感受，生活在窮困的年代，他和絕大部分的同學一樣，快樂時光來自自行創作的嬉戲。

今天早上「古意」打電話來：

「林英彥嗎？我是古意王偉哲，同學會確定出席嗎？」

電話裡頭間雜小孩爭吵的童音。

「確定會到。」他說。

「畢業已經五十年，大家見見面何等難得，我是受到老伙仔林繼盛請託，邀集一批人會後到他家聚餐，就在離學校不遠的泉州街，他有事不能出席今天的同學會。」

「謝謝，我一定準時到達。」

幾天前的電話，他已經做了邀約：「你家的地址還是我給校友會的呢！」古意說。

去年在重慶南路書店的一次偶遇，彼此交換名片，才有今早的通訊。

同學都稱呼他「古意」或「忠厚」，很少叫他的名姓。從來沒有人看過他生氣，同學喜歡去摸他碩大圓渾的頭顱，弄到他不耐煩，就落出口頭禪：「嘖，嘖，你是那個角勢？」這是當年萬華龍山寺一帶的黑話，挑戰前先報出群落，免得自己人互相誤會。他家住祖師廟附近，自小是聽慣了的。

同學繼續摸他的頭，報出名號：

「龍山寺！」

他就撥開同學的手：「閃！閃！自己人不要相戲弄！」

這已是他面對戲謔，表達最強烈的情緒了。

「古意」以銀行副總經理退休，同學眼中看似拙笨不靈活，但絕對有他的精明處。

一隊人馬擁簇臉貌嬌美，穿著暴露的模特兒在荷池對岸各尋角度拍照，她騷首弄姿，擺出各種姿態。

他想起最會照顧學生的高二導師，湖南人，寒假過後剛開學，寫下燈謎，重金

獎勵要大家尋答案
題目：「聖廟前小便」，「翁媳同盆」，猜《論語》一句。
大家拿出文化基本教材翻來找去，依舊無人猜中。
答案：「陽貨欲見孔子」，「欲潔其身而亂大倫」。
以兩性話題作為笑話，即使平日道貌岸然者身上也無法免俗。

3

他在學校到處閒逛，用手機拍了幾張照片，假日沒有學生，挑高迴廊發出皮鞋踏步的回響。除了進門這棟列為古蹟的紅樓，幾乎沒有當年印象。他站立操場邊四處張望，設非閉起眼睛想像當年情狀，絕對無法相信念書的年代，學校是以「一中」的形式建造，木造樓的「一」，大概許久前就已拆除了罷？

逐漸回想，他覺得非常訝異：整整六年漫長時光，記憶的焦距竟絕大部分集中教室在木造樓的一九五六年初二這年！其他年級的記憶零零散散，除非有人特別提示，否則都是模糊的印象。

大抵而言，在林英彥的回憶裡，木造樓這年，班級上課極其吵鬧。有兩位高官子弟帶頭喧譁，大家跟著起鬨，即使班長或風紀股長記下吵鬧名單，交給擔任管理組長的導師，高官子弟總是列在名單裡面，訓斥幾句，最後都不了了之。

吵鬧狀況到下學期春假過後有了極大轉變：國文課突然更換老師；一位成績很好的同學不再來上課，而他家並沒有搬遷；班上散布各種傳言，問導師，他總是支吾其辭，顯得神秘。每個老師都板起臉孔不再說笑，氣氛不對，沒有人敢再隨便講話。整個班級陡然失去活氣，不久，暑假便來了。

坐在長廊下小台階，林英彥再次拿出筆記本，快速寫下他的記敘：

「記憶和遺忘是經過抉擇的結果，主理這個部位的器官，在人類漫長的進化時程，操控了人類的自由意志，看似可以抉擇，其實是無可抉擇。

我雖不能說，教育給予我的全都是傷害，至少回憶一九五六這個段落，大都是負面的，冷漠的。」

林英彥回憶起初二下學期剛開學不久，那段痛苦的時光：

「初二下學期學校換新的訓導主任，矮矮清瘦模樣，手臂常套著一圈黑布，學生都叫他『黑圈』。課間巡堂行走木造樓，只他一個人半點聲響都沒有，上課喧鬧被他逮到的不計其數，至少記一個警告，相當可怕。有一天女工友從窗外發紙條進來，要我下課到校長室報到，我向來上課不講話，沒將它放在心上。走進校長室，叫我去的原來正是這位黑圈。他要我坐在他對面沙發，拿出一本大簿子，裡頭密密麻麻寫了很多字。在我回答之前，他鎮重提出警告：

『林英彥，如果說謊或故意隱瞞，一定會遭到嚴厲處罰！』

他幾乎問遍所有老師上課曾經講過什麼話，他好像什麼都知道，對我的回答有些就在簿子上打勾，他的發問主要還是集中在國文老師高言翔身上，其他只是偶然陪襯。對我的陳述，他依然只在簿子上打勾，他早有詳細資料，只用我講的來印證他的調查而已。

比較震撼我的問題是：『高老師的太太是士林天母人，你也家住士林，』黑圈先看著我，然後說：『你們是不是親戚？』

我連忙說『不是，不是』，嚇出一身汗。

臨了，他特別叮囑：

『今天我們的談話，不能告訴任何人，包括你的父母！洩漏半個字，將來被抓受懲罰，可就沒人救得了你，一生前途就毀掉了！』

真正恐怖的是那令人毛孔滲汗的眼睛，沒什麼凶惡的表情，看不出有什麼歹意，卻讓人不知道怎麼去回應。」

4

林英彥依指示找到資源大樓，搭電梯上五樓報到，領到一頂帽子和資料袋。排列整齊的座位僅只稀疏幾位，前方表演台學生管樂隊作輕微的試音。看校友會寄來的配置圖，這裡應該就是以前東小院改建的大樓。就座的人他一個也不認識，他們斑白禿頂，老化的程度讓他嚇了一跳。

「自己應該也跟他們相差不遠罷？」他想。

走出會場，窗外晴空下，幾隻鴿子停駐紅樓防雨簷台顫刷羽翅，兩位穿學生制服的小提琴手撥絃調音，錚錚作響。

「等一下你們會上台表演嗎？」

兩位提琴手點了點頭。

他向其中一位借了提琴，拿在手沉穩堅實，看絃洞裡的標籤，義大利米蘭製作。「應該是把不便宜的琴罷？」

邊說邊把琴還給學生，學生靦腆微笑沒有回答。

自己也經過這樣的年代，不覺間懷念當年聚一起聽古典音樂唱片的同學。

他記起初二時的音樂老師，上課很凶，又喜歡考樂理，聽到音樂課頭就痛。高一又是她，第一次上課，她即興地唱起音樂課本裡頭的《阿依達》〈凱旋進行曲〉，又唱了《卡門》〈鬥牛士之歌〉，大家瞠目譁然，原來音樂這麼好聽！這位畢業於日本武藏野音樂學院的聲樂家，從此開啟了大家欣賞西洋古典樂之門。

吵鬧聲裡，彷彿又回到東小院沉舊的木造教室，同學愈來愈多，古意也出現會場，他們找到最後一排角落坐了下來。

「剛才繞了一圈，」古意說：「包括你我總共六位，會參加林繼盛家的餐會。」

「有看到張佑介嗎？」

「有，等一下他也會參加餐會。」

張佑介是林英彥今天最想見到的人，當年放學常走一起，直到衡陽路口才分開。一九五六年過完春假，從此沒來上課，直到初三上學期快結束才又出現，他不再跟人講話，同學叫他也不回應。高中不同班，幾乎形同陌路。

一個多小時行禮如儀的致詞報告，夾雜同學彼此間的興奮交談，感覺像從前朝會一樣無聊。

「歲月消逝，體貌日衰，儘管各有成就，也都只剩共同的淪落……」

想到這無可迴避的現實，林英彥心中充滿難以揮去的悵然。

5

老伙仔林繼盛坐落泉州街的家，離學校約二、三百公尺，有庭院，十分寬敞的二層樓建築。基隆海專畢業後，行船擔任三副五年，累積資金，投入進出口生意，賺了錢買下這棟屋舍，土地兩百坪，價值相當驚人。

經過寒暄，大家才知道今天是林繼盛的生日，在女兒建議下作了如此安排。他女兒在台北近郊一所私立科技大學餐飲系擔任副教授，帶領兩位學生，親自下廚做料理。

方型餐桌柔美的聚光，溫醇和順紅酒催促下，許久未見產生的隔閡感逐漸消融，一九五六年共同經驗的話題，點點滴滴就隨興而出了。

徵得同意，林英彥用手機作了現場的錄音。

那天主客盡歡，有日本料理，有台灣菜，有法式甜點，林英彥從沒吃過這麼精緻的菜餚。

回家之後，林英彥整理錄音，腦海幾經轉折，決定將那天的事象真實敘述直截寫出來。既沒有渲染，也沒有掩飾，或許可以提供一個素材，將來可加應用。

「周仁義一踏進教室，許多人便會圍攏過去，聽他敘述前一天張貼在新公園，晚報的《賭國仇城》連載。這位綽號黑寡婦的同學以此建立他的班級地位。」

黑寡婦後來成為補教界物理名師。

「綽號石達開的，每天都會自我犧牲，第四節下課前前五分鐘，趁老師沒注意溜跑到體育組借足球，並且先去占球門。」

石達開屬桃園幫，無論晴雨都穿雨靴，不知所終。

「最認真的應該是理化老師，大概生孩子餵奶，側邊布質鈕扣常忘了扣，上課習慣性地敲黑板，一邊說著：『大家看！』為阻止笑聲亂了秩序，她敲得更大力，鈕扣就鬆得更開，大家都笑翻天了，她滿臉不解，自己也笑了出來。」

「上課最安靜的是地理課，老師剛從師大畢業，違規同學找她向導師說情，幾乎有求必應，她一直扮演媽祖婆的角色。隔壁班從窗外吹胡椒粉，害地理老師嗆個不停，因為事前沒打招呼，差一點演化為兩班集體大決戰。」

這場決戰是主人林繼盛講的，在場沒有一個人有印象。

「我和鄰居高中生打賭，有沒有膽量在廁所寫蔣介石壞話。我寫了，竟然被查出來，那些人真厲害，或許有人告密也說不定。算起來那時我還未滿十三足歲，應該是全台灣最年幼的政治犯。」

林英彥問他怎麼被抓，抓到那裡囚禁，他都沒有回答，顯然避談他的事。他在礁溪擁有一塊地，種金棗。

班長高義的陳述：

「導師叫我去問班上同學和老師上課的情形，接著要我去找離他座位不遠的訓導主任，他也問大約相同的問題。

隔天他把我叫到校長室，拿出一本大簿子，對我的回答，有的在上面打勾，有的則是記錄下來，跟林英彥講的差不多。問最多的是歷史，公民，國文幾位老師。歷史課幾乎照課本唸，沒什麼好講的，公民會講時事，國文老師喜歡講笑話，可說的可就多了。最後他終於板起臉孔：

『今天的談話不能跟任何人說，包括你的父母，否則後果嚴重！』

但是我比英彥待遇好，談話前黑圈拿出一盒小美冰淇淋，笑容可掬地說：

『來，先坐下吃完它。』

最後一次叫到校長室是十幾天後，下午最後一節課。他拿出三張十行紙，都是有關國文老師的資料，要我仔細閱讀，在上面簽名蓋手印。我不知道該不該蓋，但還是蓋了。

『絕對不能告訴任何人，洩漏國家機密非常嚴重，連聽的人都會有罪！』黑圈再次叮囑，以臉貼近臉的樣子，唸完每一個字。

隔天中午，紅鼻子教官，就是高中軍訓課，喜歡用拳頭搥人前胸的那位。僱來兩輛三輪車，我和他坐一輛，其他三位坐另一輛，載我們到博愛路口，後來稱為警備總司令部的那個單位。

我們進入一間和教室差不多大小的地方，我和副班長坐一張大方桌，黃，華兩位高官子弟坐旁側，前方三個人不斷問話，國文老師孤獨坐中間椅子，萎捲著，像似老了好幾歲，那有上課時經常發出怒吼：『我是聘請來的，不是逃難來的！』那種英雄氣概。

我昏昏沉沉，記憶也是很有限，都是黃、華兩位同學在講話，我們都只回答是或不是。最後要我們在文件上簽名蓋手印，我和副班長是原告，黃、華兩位則是證人。副班長高中沒有考回原校，已經忘了他是誰。

這件事我經過很長的時間，才稍微將它擺一邊，不能講，沒人可參詳，悶在心中很難受。

暑假放榜，慶幸考回原學校。有一天父母都外出工作，有個婦人揹著小孩出現我三重埔家門口，自稱是高老師太太，哭著要我賠她丈夫，養她小孩。我嚇死了，拋下她，坐公車跑到學校找校長。校長拍拍我的肩，和顏悅色對我說：『不要慌，不要怕，你告訴她，再來找，校長會讓你丈夫多關十年。』

果然她不再出現，倘若發生在聯考前，我一定考不上高中。」

「那個年代，一切都是那個年代！」整理完錄音，林英彥不勝唏噓。

幾天後，林英彥收到古意王偉哲傳來的電郵：

「英彥，你好

被叫到校長室，我也是其中一位，問話的情形也和你們差不多，當我說我有寫日記的習慣，黑圈堅持我一定要把日記繳給他看，裡面有寫張佑介在廁所寫髒話的事，或許他因此被抓，你認為我應該向張佑介道歉嗎？」

林英彥想了想，稍事斟酌，作了以下的回答：「據說他母親花了很多錢，他既然不願詳談，你又何必多事去掀起波瀾呢？」

三個女人

1 堤岸

一畦畦亮綠的小矮叢，盎然包覆在清爽涼風之中，平鋪舒展整個略帶鹹味的土地。敏雄清晨五點多起床，彎轉曲巷，走到路旁這塊五分地的花生田除草整理。聽到附近國民小學傳來鐘響，一晃間已是兩個小時過去了。

原本他建議讓土地休息一季，因為入秋以後工作機會多，怕忙不過來。可是父親不同意，他說秋豆香脆可以賣到好價格，真挪不出時間，寧可辭去打零工。

「真忙不過來，收成的時陣，叫敏昌全家轉來幫忙。」他母親每當父子意見相左的時候，便搬出在都城擔任土木監工的大兒子。對這個話題，父子兩人很少作回應，根據以往經驗：進入秋季也是泥水工最忙的時候，不要說請他回來幫忙，到時沒叫去支援已經萬幸了。所以花生還是種下去了，長得綠油油一片，外地人常來拍照，點頭讚嘆：「一般調色盤可調不出這種綠……」有些大膽的還往田裡竄，踏壞土壟，敏雄看慣了也沒多加理會。

回到屋裡，父親和火塗叔已經在屋後曠地，二層樓高咾咕樹下的長桌喝茶，敏雄過去打招呼。

「田裡剛回來，先坐下歇睏喝口茶。」

火塗拿起茶壺替敏雄斟滿一瓷杯，轉頭問敏雄父親：

「錦周，透清早去巡石滬，收成怎麼樣？」

「不好，只有一尾中板的軟絲。」

「三天前輪到我收，土地公沒拜，什麼影攏無，運氣真歹。」

「忠厚老實人才會說運氣歹，日子不好過也不是這幾天才開始，好在還有祖先傳下來的六分地可以種作，可是光靠種田會餓死人，才要操勞來操勞去。」

再論下去又將回到乏味的陳年話題，兩人交眼互望，頓語緘默。敏雄吃完母親送來的兩副麵包夾蛋，喝下一碗純米漿，站起身舒展筋骨。

火塗喝口茶，點燃一根香菸：

「海邊建長堤，從外埔延過來十多公里路，拜六，禮拜攏是來玩水的少年人，金旺伊查某人擺攤炸蚵嗲，聽說一天賣到兩百多塊，錦周仔，我看我們兩人也去擺一攤。」

錦周知道火塗在講笑，本想順勢回嘴：「查某人的工作，去做會破壞我張家的門風……」看妻子在旁殷勤送糕餅，遞茶水，話到喉頭又吞下去。

火塗看看手中腕錶：「時間差不多，應該出發囉。」

三個人不約而同都站了起來，他們趕著到五公里外新建的五府千歲神壇，砌磚築圍牆，錦周包下這項十天內必得完成的工程，有些匆促忙碌。

錦周妻子停佇屋前曬穀場，目送三人各騎一部機車離去，心中默默盤算：「如果禮拜六禮拜日也去海堤擺攤，應該賣點什麼才容易賺錢？這可要認真想一想。敏雄將來結婚，我一定要送新娘一條五兩重的金項鍊，讓大家都有面子……」

綿延數公里長的海堤，人行漸疏，海面映照粼粼閃爍的光芒，從遙遠處往前擴散，渲染整片平靜的水波。堤岸左邊，海檸檬，黃槿，林投，木麻黃構成的茂密防風雜叢，幾隻八哥飛竄嘎叫。靜芝獨自緩步前行，心想：「沒有雲靄，再不久，想必有個燦爛的落日。」

半年前，靜芝騎機車隨興到處漫遊，偶然來到這處街面乾淨，沒有風力發電龐大三片翼的濱海小村落。循階登上堤岸，水泥墩與磚砌間的縫隙冒出一朵朵小黃花，堤岸下滿布嶙峋消波塊，到這裡露出缺口，海灘恢復它開闊平整的視野。灰褐色細緻微小顆粒，經海水浸潤，類如一具美麗生命體，展露絕美的膚色。她步下堤岸迎向沙灘，深深呼吸鹹漬的空氣，展開雙臂讓海風吹拂。

像吸足海水，漲大數倍的酡紅落日緩緩墜下，彎弧與海平面相切。靜芝靜默佇立，看到幾何圖形圓與切線的實體應對，深深了悟浩瀚星空：太陽與地球只是渺小星體，互相牽掣，伺機存在伺機滅亡。人類高論各種意義，無異無知的奢談……這層認知讓她無比感動，停駐柔軟沙灘的雙腳，裹足盈滿的映光之中無法移動，感受到類如宗教場域的深層啟示。「嗯——」她呼出這聲嘆息，無法明確描述陷於這種身體和心靈相偕飛揚的異情。

從此靜芝不定時，只要覺得該去踅一回，便趁天色未暗來到堤岸閒步。起初為看夕陽，現在只要天不下雨，便將自身融入這片大海景觀之中。

「一個小女人，獨自徘徊人煙稀少的異地村落，不怕遭遇危險嗎？」已經結婚，在都城一所中學教書的姊姊，電話裡時常提醒告誡，靜芝總先嘻嘻嗤笑：姊姊都城住沒幾年，講話竟變得如此咬文嚼字。

「我自己會注意，放心啦，海就是有股力量，人再怎麼壞，遇到它都會變好。」

「妳要明白，」靜芝的姊姊每當用上這句口頭禪，總會提高聲調：「妳自己又不是個醜女人！」

靜芝對自己的容貌舉態當然很清楚。她在離海十多公里的市鎮，一所國立大學讀英文系二年級，系裡系外想來交誼的男生她都望在眼裡，只是沒有遇上能夠激起熱情的而已。

九月開學不久，一群十幾個同學來到這處海邊野餐，午後三四點潮水尚未完全退盡，大家先到石滬探尋困在裡頭的魚蟹，再回到堤岸下，攤鋪塑膠布的乾燥地方。堆雲遮掩太陽，稍露臉即又隱藏，只剩若有似無的霞彩零星散布天空。

她有些失望，參加野餐雖是經過好友蓮芬一再慫恿，最主要還是想向蓮芬洩漏她的私密景點，一同在海域沙灘相偕並行，為她說解天體星球如何成為幾何圖形的場域。現在蓮芬赤白腳踝，正和她心儀的男生牽手舞蹈，和著吉他撥彈的節奏，其他同學拍手應唱：「我來自阿拉巴馬……」場面漸漸熱鬧起來。

她不喜歡跳舞，羞於公眾顯露搖擺的身體。獨自坐在已大半陷進沙中廢棄的碉堡旁，遠處散點覓食的唐白鷺不停低頭啄喙，喧聲歌舞的另一邊，距離碉堡十多公尺遠，一座簡陋搭棚前，有個男子將龐大魚網披散膝上穿梭修補。卡其短褲，藍色無領罩衫，鬱黑的粗壯手臂像抹塗膏油閃閃發亮。

「大概跟我們差不多年紀罷？」靜芝好奇多看幾眼，或許看慣人群戲鬧，男子從始至終沒有抬起頭，安靜專注自己手邊的工作。波濤彷彿愈去愈遠，傳來像似輕微篩米的細碎聲響。臨近黃昏的美麗沙地景觀，加入這位辛勤的勞動者，靜芝感覺有些不搭調，她走近這位年輕人，蹲坐一旁的鵝卵石塊。

「看你來來回回穿針引線，好像比我們女人還熟練。」靜芝微笑著說，伸手挲摩魚網的尼龍絲線。

年輕男子赧紅著臉囁嚅地說：「這是拿大針，細針還是不行的。」

望了望靜芝白皙臉龐上清澈的眼眸，很快又低下頭。

「附近連個船影子都沒有，你補這麼大的魚網做什麼用？」

男子抿嘴笑了笑，抬頭張望石滬揮手的老人，掇拾魚網握抱胸前。

「風轉東南吹，時候到了，我要去把網子展開放沙灘，等候漲潮放鈴捕魚。」

原來還真的是捕魚用的，靜芝正想問什麼是「放鈴捕魚」？年輕男子已經朝向老人揮手處趨近。靜芝踱回同學會聚的地方，拿起蓮芬身旁分配好的西點和飲料，心想：「拿去分送給他們，不知道會不會接受？」

竄高的木麻黃樹叢，海防部隊聳矗的塔形白色建築，頂樓探照燈間歇地亮閃打光探射，晚霞縱橫積雲之間，諸色雜彩漫溢天際。

自從那次簡短攀談，每當靜芝去堤岸散步，走到這個缺口都會步下沙灘找年輕男子閒聊，他也不再拘謹，互報姓名，並且交換手機號碼。

電話中她告訴姊姊：在那濱海小村落，結識一位名叫張敏雄的男子，縣城高工園藝科畢業，當兵回來兩年，職業無固定，種田兼打零工。

「打零工？妳在跟我說笑！」

「認識朋友，打零工又怎樣？」

「說得也對，認識而已，我窮緊張什麼啊！」

這個話題就此淡化，令她不解的是：姊姊結婚有了孩子以後，怎麼變得婆婆媽媽，和她之前明快的個性截然不同。

靜芝因為黃昏落日而闖進這片海域，幾次徘徊漸漸熟悉周遭環境，隱約感覺自己和這處臨海村落有種難以言喻的關聯，與敏雄交往日深，這種關聯逐漸演化為長縈心懷的纏結，既模糊卻又明晰，她百思不解，人世間怎麼會存在這樣的矛盾？靜芝父親是位成名建築設計師，累積豐富資產，家境優渥，比起一般都市的孩子，從小就受到母親和姊姊較多的照顧，日常生活就是固定的幾件事不斷重複。當敏雄敘述他的鄉間童年，諸如：海口地帶，成群小孩如何捕捉蟳苗；有人寒冬如何在海中漂浮的狗屍肚腹裡，撈出難以數計的鰻苗而發了一筆横財；路邊西瓜香瓜熟了隨便摘來吃，沒人會管，因為大家都認識；作物收成以後，乾燥土地上隨便挖個洞，就可以爌窯出香甜的番薯……靜芝靜默傾聽，對這些複雜多變，又富冒險性的事跡神往不已，覺得自己過往生涯貧瘠得可憐。比較學校裡頭眾多淨白帥氣的男生，作為一名勞動者的敏雄，靜芝心目中：他那黑壯，直截，羞赧的特質是無人可替代的。

沿著堤岸前行，靜芝向海防部隊露身二樓窗口，以望遠鏡四處巡視的值班士兵揮手打招呼，他們也做出相同的回禮。防風樹叢廁雜的黃槿匯集眾多回巢的麻雀，吱吱軋軋；潮水遠退，露出參差鬱黑的磊石，成群海鷗疾行會聚，翻飛又倏然降落。

靜芝踱到堤岸缺口，敏雄已坐在下層水泥階台等候。乾爽秋日，潔淨的沙灘在黃昏陽光襯托下，抹成一片輝耀的浮動。碩大紅日只差拳頭大小便將沉入海面，靜芝右手伸進敏雄臂彎，面向落日處，踩著細沙緩緩前行……變易逐刻浸蝕，太陽開始切進海面，那輪光芒四射的火球，撥開波瀾，揮去多餘的筆觸，肅閉海灘，讓天地只剩他們兩個人。

他們偎依一處沒有水漬，突浮的石塊。她將臉柔貼敏雄光滑的胸膛，兩手環抱粗腰，敏雄伸手撫摩她的髮絲。第一次彼此近身挨靠，相互壓擠，滿布欲想融合為一體的衝動……

「啊，」靜芝輕聲驚呼。

她聞到一股從敏雄身上散發出來的氣味：像長久曝曬日光下番薯的餿腐味，又像藺草拴結久置的肥肉，間雜魚腥的滲沁，諸味糾纏翻胃欲嘔，這些都是長久以來她最害怕的氣味，她站起身一語不發往堤岸奔去。

「妳到哪裡？」敏雄張大眼睛，滿臉錯愕。

「不要跟來！」

奔跑間，感覺空氣都被這氣味瀰漫了，她沒有回頭，轉眼越過堤岸，消失在轉灰的暗色裡。從此靜芝沒再踏臨這濱海的村落，不再接聽敏雄的電話，像太陽隕落天邊，一切回歸寂然。

2 伯力車站

「那是通往地心的湖，」尼娜一再喃喃語著這句史蒂芬幾乎聽厭了的話，計畫這趟旅行前，史蒂芬已經詳讀所能找到有關貝加爾湖和附近大城市的資料。伏特加觸動下，她白皙臉頰現出動人的潮紅。

史蒂芬不了解她為什麼堅持捨棄飛機而選擇漫長的火車旅程。雖說雙人臥鋪車廂有兩張床，以及獨立自主的空間，但侷促、沉悶的車廂空氣，使他隨著車行漸感焦慮不安。他們清早從台北飛往首爾，轉機到海參崴，夜宿當地旅舍。翌日參加參訪團，跟隨其他觀光客遊歷海港碼頭，市街古蹟，博物館。尼娜莫斯科腔的俄語，到處暢行無礙，從而淡化了異地的陌生感。黃昏時刻坐上西伯利亞鐵路，準備第二天早晨抵達八百里外的伯力，再轉搭近午十一點飛往貝加爾湖附近大城烏蘭烏德的班機。

「妳非到伊爾庫次克不可嗎？」

「我們當初不是已經說好了？」尼娜張大眼睛靜靜看著史蒂芬，彷彿審視他的臉部表情，以讀出可以適當回應的訊息：「明天飛機抵達烏蘭烏德，娜塔夏會來機場接我們。」

娜塔夏美麗而能幹，小尼娜二三歲，同樣出身莫斯科大學漢學中心，中文講得流利。兩個月前，代表布里亞特木材商人隻身來台北談生意，借住素識的尼娜租屋處。幾次應酬，本地商人驚她為天人，她也順利談成兩筆金額不小的生意。臨別餐會，大家喝得酩酊大醉，娜塔夏始終維持宮廷仕女般的優雅姿態，昂首笑語，讓人自覺形穢。

「可是我說得出的俄語不超過十句。」

說話間，火車頓了幾下，終至完全靜止。月台上一個人也沒有，擺置鐵軌旁一輪輪滾圓的牧草堆，像鑲塗奶油的蛋糕捲。再過去，廣瀚杳無人跡的草原逐漸籠罩在暮色裡。十幾分鐘後，火車再次奔馳，窗外不斷變易的黯淡景觀，只剩遠處偶爾露現的閃爍燈火。

「娜塔夏是忠實的朋友，認識當地旅館經理，將為我們安排一切。」

「當真非到伊爾庫次克不可？」

尼娜臉轉向車窗，沒有回答他的話。暈黃燈光下，他們各據桌几一方啜飲濃烈嗆喉的伏特加，酒精催促下，他潛在的心意也一併發酵而暴露啦。史蒂芬是土生土長台北人林秋彥的英語名字，在一所大學教美學與藝術原理的通識課程，半年前一群朋友慶祝他四十歲生日，聚會中認識在台北教俄語，來自莫斯科三十二歲的尼娜，因為談著鮑羅定和蕭斯塔柯維奇的音樂而投契起來，相偕在國家音樂廳聽了幾場演奏會，尼娜欣賞他不隨俗嬉笑的穩重和機智風趣，而在史蒂芬眼中，尼娜美麗的臉貌和符合黃金比例的體態，簡直就是一件藝術品。與日俱增的愛意達到決定是否應該終身廝守，尼娜提議這趟了卻她一樁心事的旅行。

「娜塔夏會把你安頓好，」尼娜說：「下飛機以後，她會帶你到旅館；我立刻搭火車轉往伊爾庫次克，最慢兩天一定回來和你會合。」

「如果我堅持妳不要去呢？」

「我只想在決定我的愛情前，再和他見一次面，他是個溫柔的人。」

史蒂芬搖頭阻止她說下去。

「你不想聽聽有關我和他的事嗎？」

「喔，請不要說……」

「他是貝加爾湖畔的漁夫，一年多來一直令我懷念。」

或許史蒂芬嚴肅的語聲驚嚇了尼娜，她臉轉蒼白，眼眶泛出淚水。

「不要再說下去了！」

「你不想聽，表示你根本不關心我！」她對他叫喊，隨即哭泣起來。

他沒有理會，兀自將桌上半杯伏特加一飲而盡。經過長久緘默，而後一倒再倒，竟將剩餘伏特加灌進肚裡，熱辣酒精直衝腦門，眼底冒著白茫茫的泛光。

尼娜默默站起身，按熄電燈，史蒂芬耳際傳進脫卸衣服的沙沙響聲。

「晚安，尼娜。」史蒂芬喃喃低語。

當他倒進自己那張臥鋪，望向窗外晃動跳躍的月光，抵拒她那有如芭蕾舞孃，勻稱玲瓏的裸身，心中突然悲愴起來。從動身到這遙遠的國度，他一直維持旅行的熱興，可是離貝加爾湖愈近，心情愈來愈複雜，想找到依靠，幫助他在心中做個決定。蜷縮在粗硬的鋪床上，濃厚的酒意，很快沉入睡眠，夢裡他和一群人圍著熊熊篝火，引吭高歌，兀立中央石台的尼娜，迎向飽滿月色，垂髮顫舞。

清晨列車抵達伯力，雖是七月天，空氣尚且透著清冷。這個水路交通方便，離中國邊境只有三十公里的城市，車站外人行尚稀，一排排灰舊公寓瀰漫沉鬱的氣息。他們提著行李坐在車站門口長椅，尼娜到附近繞一圈，沒有找到餐館可以吃早餐，又坐回原處。有個模樣和善的老人踱到尼娜跟前，交談幾句，走進火車站內。

「他來問要不要搭計程車？」尼娜說。

許是昨晚酒喝多了，史蒂芬感覺疲困，「最好能找個旅館，倒頭便睡！」他心中想。

「這裡搭計程車往機場並不太遠，在機場或許比較容易找到吃飯的地方。」

史蒂芬沒有直截回應，彼此沉默一陣子。

「烏蘭烏德我不去了，妳自己去機場。」

對突如其來的轉變，尼娜睜大湛藍眼珠望著史蒂芬，有些錯愕，但不覺得意外，稍猶豫躊躇，隨即抬頭昂首露出慣有的自信表情：

「這樣也好，你去哪裡？怎麼跟你聯絡？」

「我可能搭火車回海參崴。」史蒂芬聳肩攤手，沒再說話。

尼娜叫住剛才那位老者，坐上他的計程車，逕自前往八公里外的機場。

從狹窄窗戶往外望，遠處白如棉絮的厚重雲層透著亮光，幾分鐘後絮雲散去，彎如髮夾的蔚藍湖水和包覆蓊鬱森林的大地，漸漸顯露形貌。這架三十人座的小飛機，一對新婚夫婦和他們的親友占去一半的座位，充滿歡顏愉悅氣氛下，沖淡了它的不安穩，飛行中挫頓顛簸，不時發出彷彿要散裂的聲音，現在終於落地，大家都舒了一口氣。

在伯力機場等候飛機的時候，尼娜打電話給伊凡，接聽電話的是他的母親。

「喔，他今天一早坐火車到托木斯克去了，臨行也沒特別交代……」

這位老嫗傳來和緩親切的語聲，尼娜心中明白：「他是刻意逃避，啊！我不該講的話講太多了！」

「尼娜，妳要過來嗎？」

「沒有，我想念你們，向你們問安。」

講完電話尼娜很是失望，連帶想到販賣部喝杯咖啡也不想了。

「是否應該撥手機給史蒂芬，告知狀況？」這個念頭一閃即逝：「我向來不回頭的，凡諸總總都是人生印記而已……」

她照原訂時間，登上這班飛機。

尼娜拖著行李往前走，感覺無比輕鬆，像浸泡溫泉窟裡，全身包覆柔撫毛孔的泉水中，什麼念頭都不興起……出關口，娜塔夏老遠處已經伸張雙臂向她揮手。

3 月卿

清晨起床，張開惺忪的眼睛，她從冰箱拿出雞蛋，想今天星期幾應該煎幾粒荷包蛋的時候，像酣夢乍醒，她清楚意識到：所有親人全都不見了，居住多年的公寓大樓空蕩寂靜，連素常喜歡黏人，討她厭的灰色貓傑克也不見蹤影。

前所未曾有的孤獨寂寞的感受籠罩她整個心神，像懸吊虛空無所憑靠。她將雞蛋放回冰箱，素色瓷盤放上昨天黃昏預先購買的土司鮮奶和青菜沙拉，走進客廳，打開電視聽氣象報告。

「今天會很忙碌，要去好幾個地方。」心中暗自忖度何時出門比較恰當。電視出現卡車和遊覽車追撞慘不忍睹的畫面，受不了採訪記者尖聲嘶喊的厲聲，她關閉電視，靜靜吃著早餐。

事實上，這個星期以來她都是過這樣的日子。只是閃進腦際的畫面乍然跳轉到以前的時光，一時茫然不知所措。

去年冬月，正當全家歡欣慶祝媳婦確定懷孕的時候，老大，連同未婚的老二，竟不約而同接到服務的公司將他們調配到中國大陸的指令：一個在廈門，一個在上海，都是電子產業，至於擔任怎樣的工作，月卿並不清楚。她和媳婦一起到廈門兩次，旅遊中當地的文化格調帶給她許多樂趣，尤其南普陀寺後院嶙峋山石的名家書法石刻，龐大的數量讓她開了眼界。從小她就對自己的書法很有自信，認為一旦體會如何返拙的筆觸，自己便可樹立無可凌替的格調。第二次再去，新鮮感沒了，負面觀感萌然而生：擁擠，髒亂，虛華浮誇充斥整個城市，即使最為人稱道的鼓浪嶼也只剩擦肩喧鬧，浮光耀眼的閃爍而已。

好幾次月卿想到上海看老二，電話裡他總是說：「先不要來，等我做好決定再說。」他一直嚷著要辭職回台灣重新找工作，講得義憤填膺，卻不見有動靜。老二從小就比較依賴母親，剛上高中父親過世，回家沒見到母親心就慌張起來。月卿不再多說話，由他們自己去主張。

兄弟倆都很清楚：派到中國大陸，固然公司聲稱經過慎重挑選，也加了薪水，但是能夠拒絕嗎？一旦他調，台灣的位置立刻由別人填補，何時調回國內就看各人的造化。具規模的大廠生產重心往中國移，衛星工廠跟著去，人員也跟著去，這是自然趨勢，誰也無法阻擋。兒子內心的無奈，月卿很能理解，她不了解的是：這種趨勢是怎麼造成的？政府能夠發揮多大功效？什麼時候將它扭轉回來？

「簡單講，你們兄弟二人都被公司發配到邊疆啦。」

第二次到廈門，兒子帶她們到一家海景餐廳吃飯，月卿抿嘴微哂，對他開玩笑。

「一定是建明對妳渲染這種悲觀論調，凡事要往好處想，到海外工作至少增長了見識，男兒志在四方……」

大兒子建志緊握拳頭，擺出月卿從小看慣好勝的臉，逗得大家出聲哈笑，隨即瞄了妻子一眼，端起水杯啜飲。

「臨盆的時候，我會請假回來。」

雖然極力歡語言笑，維持暢快的氣氛；短暫停頓交談時，月卿看到建志眉頭鎖了好幾次，旁視無神的模樣，卻也洩漏了內心深重的憂慮。

他的憂慮來自懷孕的妻子麗娟。

去年初，結婚前兩個月，建志在老家舊公寓斜對面新建大樓買了一間三房公寓，月卿先墊付配合款，其他由建志按月繳交貸款，有餘錢再慢慢歸還母親。麗娟在附近一所國民小學教書，以雙薪家庭而言，雖不富有，卻也輕鬆自在。現在家分兩地，一在中國，一在台灣，打破維持家居生活的必然平衡，事情變成難以逆料。麗娟不可能辭職，建志調不回台灣怎麼辦？辭職回來一時找不到適當工作又怎麼辦？預產期在八月初，離現在只有半個月，小孩子生下來怎麼照顧？其他未經商量的眾多雜務怎麼處理？

事情橫擺在眼前，因為很難解決，沒有人想去觸發它，除非掌握到解題的那把鑰匙。

三天前，月卿過去兒子家幫忙整理家務，麗娟告訴她，想暫時搬回娘家與父母同住，她說：「我母親說，家裡是透天屋不必爬上爬下，哥哥還沒結婚，照顧起來比較方便；地下二樓的汽車請媽每天去發動一下，鑰匙放在電視機旁。」

她不是一個沒有打算的人，坐月子的行情老早就探聽清楚，當然要花上一筆錢，住月子中心或住家裡，就等媳婦去選擇。當年生下兩個孩子，都是婆婆遠從宜蘭利澤簡上來住三個月，再帶著孩子一同回鄉下，這情景如今尚且歷歷在目。一代傳一代，婆婆默默承擔責任，她當然要有樣學樣，這筆錢花起來絕不會皺眉頭。現在，媳婦既然有自己的主張，娘家離這裡不過五六公里，隨時可以探望，月卿也就不想再說一些多餘的話，徒增困擾。

月卿左思右想，問題還是繼續存在，茫然望著窗外陽台那堆盛開的松葉牡丹，吃了一片土司，喝了兩口鮮奶，再也吃不下去。她拿起電話筒撥號給麗娟。

「今天覺得怎麼樣？」月卿問。

「還好，沒什麼狀況，孩子一直踢，好像把肚子當成運動場呢。」

電話中兩人都笑出聲。

「我想中午去看妳，順便帶些錢過去。」

「媽，先不急，已經放五萬塊在我媽那邊。您要來？哦，可是下午我媽要陪我去產前檢查。」

「好，先不去。再說吧，等一下我還要去訪問一個案子呢。」

結束電話，月卿頓覺心情輕鬆許多，又吃了一片夾滿青菜沙拉的土司，喝光整杯鮮奶。她進浴室洗個晨間熱水澡，這是多年來的老習慣，攬鏡自視，拍拍微紅泛著亮光的臉龐：「失去寧靜，人要怎麼存活呢？」沒來由突然冒出這句話，再推敲也想不出所以然，不禁啞然失笑。

打完卡，月卿搭電梯上到三樓社會局，先到管人事老張那邊交給訪談出差表，同時辦理下午請事假。依她科長職位本不必做這些細瑣的工作，但基於個人興趣，她會將部屬認為難纏的案子攬到身上，親自出馬。偌大辦公室，同一單位服務超過三十年的寥寥可數，月卿大學畢業，高考及格，至今已進入三十三年度，一向被同僚尊為局室活字典。距離約定時間尚早，坐在辦公桌前，拿出私人檔案筆記翻閱，電腦存檔前，她比別人多了這道手續，想將來稍加整理修飾，或許可以出版成書。

「陶文蔚君，六十八歲……」

戴上眼鏡，她繼續看下去。

「一〇三年十月，軍方聘請律師對陶君提出告訴。陶君宣稱：他所住的是父親傳下來的眷舍，並沒有涉及侵占，要他搬遷可以，應該比照同樣歸為散戶的鄰居分配新建的眷舍，軍方以沒有居住憑證為由拒絕，因為陶君父親沒有在限期內提出申請。多年來，經過幾次協調都沒有結果。

陶君妹妹代為向軍方提出申訴：當年父親從來沒收到軍方所謂的限期公文書函，士官退休後，開計程車維生，四處奔波，並不了解這件事情，以為既是眷舍，就可以一直住下去。另則，居住憑證是種資格認定，應該像駕照一樣，不會因逾期而失去法定效力，應該補發居住憑證，軍方亦駁回這項申訴。

軍方向簡易法庭提出告訴的結果，陶君敗訴。不僅搬遷已成定局，還要繳一萬八千元補償金給軍方。

所以，才有救助科介入的場面……」

手機鈴響，打電話來的是她的高中同學，問說今天十一點已經約好的見面是否有所改變，「沒有問題，我一定準時到。」

月卿過去倒溫開水，喝兩口潤唇，訪談前她不敢喝茶，免得引來上廁所的尷尬。

月卿憶起今年五月陪同國有財產局、法院、軍方人員去作探詢，這是她第一次親臨現場，把她的觀察也寫進筆記本裡。

「屋舍大門前營區編號的印記尚清晰可見，據軍方人員解釋：這裡原本是汽車修護廠，本部遷往基隆後，部屬陶員便以此作為眷舍。五十多年的老房子，磚牆看起來還很牢固，可是屋頂中央破個大洞，若非屋內撐搭一層鋼架，應該整個塌陷下來了。

屋外雜株叢生，只留門前小道稍作整理而已。土地所有者國家財產局架設鋁板圍籬，遠遠望去，屋舍包圍在蓊鬱的黃槿和桑樹間。

陶君稀疏灰髮以橡皮筋綑束腦後，像大隱於市的老者，衣著汙垢，散發濃濃酸腐味，對一群人的造訪東張西望，現出童稚般無辜的表情，應答往往語焉不詳，幾乎掉光的齒牙，偶雜含糊不清的語聲……」

月卿多年來處理過許多案例，社會悲慘事情看多了，對陶君的遭遇並沒有特別訝異。陶君遷搬去處遲遲無法明確，法院一再延緩期限，於是有第二次、第三次的訪談，為的是提供他住宿資料，甚至包括跨縣市養老院，並且告知各種可能的福利。

「幾次通電話，與陶君妹妹之間彷彿建立起友誼，她也就誠懇吐露較多的訊息。陶君曾經留學美國，寫論文受到刁難而與教授吵架，沒獲得學位，回國後從此失業三十多年。確切地說，陶君精神狀況出了問題，家人想盡辦法極力勸說，他總是拒絕到醫院，因為沒有醫生證明，社會救助便無法用得上。

我不介入他們的法律紛爭，只以普遍的社會生存面來看待這事：

或許陶君沒有居住的正當性，但軍方以超過限期而不補發陶君父親居住憑證，合理嗎？社會正義該如何取得衡量點呢？

軍方有必要花公帑請律師，處理簡易法庭這種芝麻小事？找個有法律背景的服役士兵便能輕易解決，據陶君妹妹說，那位年輕女律師倨傲冷峻的姿態，造成陶君不願庭外和解。同樣公家服務，我還在出差作訪談，他們卻隨便找個傭兵代打，現在當軍官的未免舒服些了罷？」

闔上筆記，閉起眼睛，腦際盤旋著「社會正義」這個愈來愈模糊的字眼。法院會同軍方的拆除工作，執行在即，今日的訪談早在前天已經約定好，主要目的是帶陶君到區公所申請中低收入戶。

月卿拄下機車放進停車格。穿過曲巷，那排鋁板圍籬雖高，桑樹綠葉依舊紛紛往籬外伸展，在微風中搖曳。沒有門鈴，她往門板敲了幾下，應門的陶君似乎早有準備，他換穿一件灰褐色新襯衫，臉上亂竄的髭鬚也已刮洗乾淨。

「證件都帶齊了嗎？」

陶君打開帆布背包，往裡頭翻閱良久，蒼白削瘦的臉滲出汗珠。

「如果肯去醫院檢查，救助金可能更高。」

前次來都已講清楚，月卿再強調一次。

陶君皺著眉頭，伸手調整兩端繫繩鬆垮的眼鏡。

「上次介紹的租屋很不錯，可惜不能煮飯，我對這些形而下的東西沒什麼興趣，說實在如果沒有上帝的恩典，我可能活不到今天。」

「可以出發了嗎？」

「這個不重要，我要先尋求上帝的救贖。」

好像什麼都已準備好，竟突然轉了心意。月卿愣愣望著，沒有立刻離開，心中尚存一線希望，僵持兩三分鐘沒有任何動靜，最後只得放棄。

又是徒勞無功，儘管暗自鼓勵自己：「我是在跟人打交道，要有耐性！」依然覺得惆悵。

彎出巷道走到路口，七月燠熱的天氣，街道熱風混合汽車廢氣迎面撲來，她走進斜對面公園旁一家素雅西餐廳，她就是跟同學約好在這裡見面，只是時間提早了一個小時。

她逕往傍鄰公園的窗邊位置，卸下提袋，服務人員過來倒水，她點了百香果汁。沒有其他客人，輕柔的音樂若有似無，她深深舒吐幾口熱燥氣。

同學張秀珍選定這家義式餐廳，她說，遇到保險金額大的客戶，遊說到關鍵時刻，約在這裡簽約，成功機率高，算是她的福地。

寬闊開敞的長方形餐廳很眼熟，好像在什麼地方曾經見過。她想起大約二十年前，丈夫服務的石油公司，派遣到巴布亞紐幾內亞主持石油探勘，她請休假去住了兩個星期，善心的婆婆又從宜蘭來幫忙照顧兩個小孩。公司租賃的獨棟房子很舒適，有司機，有傭人，二樓陽台可以遠眺岬灣海景。假日中午，他們到城裡一家裝潢擺設和這家很相似的餐廳。剛坐定，點的菜都還沒上桌，突然冒出兩個當地土著，其中一個負荷長槍大聲吼叫。櫃檯的錢被搶光，臨去時，出入口那幾桌客人的手錶，戒子，項鍊，皮夾被搜括殆盡，兩三分鐘後騎摩托車揚長而去。他們坐在較內裡的位置沒受到波及，但那怵目驚心的一幕，至今仍有餘悸。

往事歷歷在目，一年後丈夫結束探勘工作從巴布亞歸來，五年後建志考大學那年死於胰臟惡疾，火化安厝利澤簡老家，林姓家族墓。

經過手機聯絡，秀珍提早半個小時到達，各自點了簡易套餐。

「約妳出來，想請妳幫個忙。」秀珍還是一貫的風格，有事直截說出少有含糊：「我遭遇突發的困難。」她說。

因為保險業務，她常到市政府走動，往往彎過來打招呼，至今還交往熱絡。

月卿沒有說話，究竟幫什麼忙，還是由她自己說比較妥當。

「五天前，我那印尼女傭星期天休假，從此就消失不見，搞得全家雞飛狗跳，真不知道該怎麼辦！」

自她女兒出嫁以後，所謂全家，連她婆婆總共只有三個人，聽那急躁的口吻，顯然事態嚴重。

「婆婆已經九十二歲，有失智症，我白天要上班，沒人照顧。」

「陳先生不是已經退休了嗎？」

「男人照顧起來不方便。」

「可是自己高齡母親啊，有什麼不方便？」

「他不行的，自從法院書記退休，每個星期五午後必定搭車到獅頭山跟隨師父修研佛法，星期天下午才回家。外傭突然跑掉，重新申請要好幾個月，這段空檔只有暫時住安老院了。我想，妳那邊可能有較多資料，或許可以介紹合適的地方。」

「資料很多，妳自己在網路可以找到，都附有照片和簡介。」窗外，幾乎一年四季都在開花的紫荊，絮屑隨風飄飛，打在玻璃窗上像漫聚的蜻蜓。「所有我曾經探查過的，每一家都大同小異。」

秀珍微微露出失望的表情。

月卿想到已過世的善心婆婆，只一通電話便遠從鄉下來幫她照顧小孩，如果是自己遭遇這樣的問題，該怎麼辦？好在丈夫還有兩個弟弟。

「當真找不到既乾淨又寬敞的安老院？」

「妳無法期待像電影裡頭，有專人推出輪椅，在鋪著一大片草皮的樹下散步，曬太陽，對失去言語能力的老人耐心說話。這裡的私人安養院：擠在大樓其中一層，吃飯時間到，推到廳室看電視，或自己吃或餵食，做些簡單的伸展動作，鎮日空調吹襲下，大都皮膚乾燥，臉目無光，為便於管理，很快又推進臥室……」

「是這樣子哦！」

「好朋友我才講這些詳情，要不要聽聽我的建議？」

秀珍從失神中睜亮眼睛。

「家人分配好時間，在家裡自己照顧是最好的方式。」

「很難，很難。」

一下子乍閃的微光又黯淡下來。

月卿沒有繼續說下去，秀珍爬升到經理的位置並不容易，深陷到工作裡頭的苦衷，她可以理解。

「知道了，我會從網路找，有事再請教。」

秀珍付完帳，門口告別，開車離去。

她坐在候車室成排塑膠椅邊隅位置，等候一個小時後到來的對號列車，昨天她已經預購了往雙溪的車票。

今早漢昌打電話到市府辦公室。

「來嗎？」

「來。」

她作了這種來康式的回答。每當再確認原有約定，這一向是他們之間的默契：把話留見面再說，就像烹煮料理，新鮮才會表現味道。

去年夏天，建志建明各出一半旅費，安排母親日本旅行。本來月卿堅持至少有一個兒子同行才願意出國，但他們實在找不出長達七天的假期，只好一個人參加號稱依循俳句詩人芭蕉當年路線「奧之細道」的旅行團。

遊覽車從鬼怒川到日光，接近中午再往高處駛往中禪寺湖旁預定的餐廳。那是座開闊的高山堰塞湖，湛藍湖面潔淨無紋，像彰顯神祇秘境而竭心盡慮的彩繪畫本。飯後，他們沿著湖畔高聳杉木林蔭相偕同行。

「從剛才下車處走到中禪寺還要一段路程，」漢昌伸手指向遠處森密樹叢裡若隱若現的建築：「應該就在那邊，它保存下來的唐樂曲譜，據說連中國都找不到。樂團初演奏，打擊樂器展現的精緻質地，驚心動魄。」

月卿對音樂素有心得，感覺它絕非俗物。雖是盛夏，山中習風吹拂，有如春日的清涼，她內心一陣莫名悸動，毛孔外溢一股欣悅是十多年來所未有的……

書捧在手中，半個小時過去，她發現自己竟然連一頁書都沒有翻動。從滿心歡喜的臆想回到冷硬的塑膠椅，四周吵雜聲恍如波濤陣陣罩襲而來：

鐵路局區段捷運化工程持續進行，吊車運臂拉移鋼軌，馬達的嗯嗡聲，間雜工人的吆喝此起彼落；龐大箱型冷氣溢出的冷風忽高忽低，機械轉動，細微咿呀聲像蚊蠅揮之不去；售票口，一位肥胖壯漢發出雄吼，似與窗內人員爭論，引起短暫騷動。

前方大尺寸液晶電視，一個廣告跳接另個廣告，各種陰腔怪調飛揚在午後悶塞的空氣裡。不久，畫面轉為新聞報導：剛通過民調，獲得黨內提名的女性總統候選人，字正腔圓宣稱：「不能說中華民國存在，只能說中華民國政府存在……」那位在月卿眼中「多年前憑靠俊美臉容而當選」，現在眼下垂落鬆垮顏肉的總統說：「這也是我的觀點和信念。」這段一直重複出現的畫面，月卿直到現在還是不了解：為什麼只能說中華民國政府存在，其間差別在哪裡？辦公室裡面，不同的人作各種不同的說解，她還是聽不懂。建志建明兩兄弟由於政治見解不同，數度爭執言辯，幾至不歡而散，只要談到這塊賴以生存土地上的政黨，隱藏的不安立刻就浮現了。

「吵什麼啊！管你什麼立場，還不是統統派到中國，落得離鄉背井的下場！」想到要見孩子一面都困難，月卿心中唉嘆，十足無奈。

電視陸續出現更多講話的人，幾個人頭在她眼前晃來蕩去，時而溶入時而淡出，最後化為一團芒閃的灰燼。櫥窗玻璃映照她額頭微有汗漬的亮滑臉龐，月卿霍然從座位站起，走向剪票口。

進入月台，找到一處有遮蔭的候車椅，剛坐定放下提袋，一列北上普悠瑪號列車過站不停訇隆而過，揚起塵埃，空氣瀰漫鐵鏽的味道；戶外，打樁的叮噹聲更加響亮；兩隻流浪狗覷瞇慵懶無神的眼睛，踞伏不鏽鋼垃圾桶旁，到處髒亂不堪；站前高聳的百貨公司大樓，玻璃牆面映射燦彩光芒炫人眼目。

「哇！這個世界究竟有哪個地方是安靜的？簡直無處可以趨避！」

她幾乎驚聲呼叫：

「當整個秩序遭到破壞，重建規模尚未現出雛形，渺小的個人將如何自處？」

「折騰一個早上，現在又頂著暑熱遠途奔波，何以懵懂若此！」

雖是滿腹騷亂，她還是深深呼吸讓自己安靜下來。

「可以擺開這些嗎？」

她接著細心想，廓清自己在人群中扮演的角色，漸漸臨界體悟的關鍵處。

「當然可以！」

她頻自點頭獨語，彷彿已經抓到了轉折點。從她媳婦懷孕，肚腹一天天脹大，隱約萌生的念頭，此刻清晰而明澈：

「很簡單！當個自由人，退休不就是了嗎？」

內心深處有股聲音強力驅動著，像沉溺深水奮力冒出頭，終於見到陽光。

「的確，很簡單！」

百公尺外，綻亮頭燈的列車緩緩駛近，月卿拿起提袋，挺直胸膛，在急捲的風中享受那股清爽。

月卿找到自己的座位，看見窗外掩翳在翠綠花樹的汩汩溪流，才確實感受擺脫燥熱的鬆弛。這班自強號列車，乘客比預料中少，尚留些許空位。前座小女孩伸頭趴上椅背，閃著美麗重紋雙眼皮下烏亮的眸珠，靜靜望著月卿，她想去撫弄小女孩的臉頰，怕驚嚇她而縮手。

「麗娟生下的女孩能和她一樣可愛多麼好。」

她進而推想：

「如果建明也結婚，三四年內各生兩個孩子，雇請一個人手，我可以當起托兒園園長了。」不覺莞爾會心微笑。

「下車出站，我要立刻告訴漢昌申請退休的決定。」一年以來，他們像兩條各自獨立的平行線，認知各有不同身價，睿智地維持互不侵擾的默契。漢昌三年前喪偶，旋即從電力公司退休，兩個女兒皆已出嫁，在過隧洞前往茶花莊路口，擁有祖先傳下來的五分地，種植花樹自娛。

「想他必也會高興罷，他會帶我到村裡年輕阿芳師的料理亭，請他端出胭脂蝦、炸花枝、烤鰻等等拿手菜；喝他珍藏的加州納帕河谷紅酒；還有招待朋友才會出手炫耀的耶加雪菲G1日曬豆；興之所至，說不定會跳上一段他在日本拜師學藝，連帶學來的舞踊……」

她的念頭轉向茶花莊路口的清澈溪流，雨後低矮路樹葉片散布的水珠，通往十分寮乾淨路面襯托的青翠山色，再過兩個月進入秋季，這條溪流夜晚將點布如星光的捕蟹人……

火車急馳，月卿忽忽打起盹，漸漸進入安穩的深層睡眠。

原載二〇一六年三月號《印刻文學生活誌》

群蟻飛舞

午後一點，我依約準時到達廟前廣場，坐在榕樹下長條石椅，等候卡嘉前來會合。天空陰沉灰鬱白濛濛一片，偌大廣場除了山門豎柱下桌前托腮的老司閽和我一個人也沒有。山門圍牆內，三川殿屋頂脊尾停駐幾隻飛繞落停的鴿子；對面矮牆兩條閒踅的灰狗偶爾追逐，趾爪摩擦石板地面發出細碎響聲。我就這樣坐著等待，手臂展放身後靠背，心中空蕩蕩，整個人融入瀰漫深秋氣息的寧靜。

清早起床接到卡嘉電話，希望我陪伴參加城外一座寺廟建基百年的慶典籌備大會，她另有事務無法相偕同行，要我務必午後在廟前等候。「反正假日你也沒事，到時見面就是啦。」她咯咯笑著，沒等我回應便匆忙掛斷電話。

她從事保險業務已經十多年，漸漸爬升到公司副理的位置，因為業績壓力，縱使假日若有需要也得登門拜訪客戶。結識二年多，我這市府公務員工作固定，若要會聚只能儘量配合她的時間。平日相約，卡嘉一向準時，為免遲到，放下電話即刻打理整裝出門，先在居家附近吃碗麵食，再搭火車轉換客運，晌午抵達距離城市六十多公里外的村落。廟宇矗立村落正中央，相對於散落周邊合圍的民居，高聳的廟脊彩飾極為顯目，走過寬敞的橋道，找到寺廟山門，在約定地點靜候等待。

半個小時過去，依舊不見卡嘉蹤影，老司閽還是桌前托腮彷若泥塑。榕樹枝葉叢中群團麻雀啁啾喧鬧，黑色剪尾烏秋飛來竄去，停落電線桿傲然睥睨。我心中漸漸焦慮不安：這座號稱建基百年的廟宇籌備建醮慶典，既然有堂會，理應到處都是觀禮祭拜的人潮，如今不僅山門緊閉，廟前連個湊熱鬧的攤販都沒有，人都跑哪去啦？卡嘉不僅準時也從不失約，已經打過三通她的手機全無回應，現在她會在哪裡？原本單純的異地相約，落得我逾時孤單守候，到底什麼地方出了差錯？

我漫步移向山門，聽到腳步聲老司閽緩緩抬起頭，嘴角浮泛一抹笑意：

「先生你好，請出示邀請卡。」

「什麼樣的邀請卡？」我問。

「來參加籌備會都應該有邀請卡。當然，沒有邀請卡，想來共襄盛舉也行，但是就不能享有任何權益，比如餐點、車馬費、伴手禮，或許還有一些其他的好處。」

他手指輕叩桌面，稀疏白髮迎風仆散，橘紅色夾克別掛各種幾何形徽章，五顏六彩滿布胸前，叮噹晃動。

「先生，」我說：「我和來參加籌備會的朋友約在這裡會合，已經等了相當時刻，想你也是看到的，能不能開門讓我進去，看她是否已經進到裡面。」

「這就很為難啦，我擔任守護山門的工作快四十年，山門從來沒打開過，沒有管理委員會下達指示，我完全做不了主。」

「可以麻煩你和管理委員會聯絡嗎？看他們怎麼說。」

「這樣做有虧我的職守，」他看了看手上腕錶：「有事情上級自然會來告訴，我沒有權利主動請示。」

「那麼——要怎樣才能夠進到廟裡面？」

他沒有直截回答，低首垂眉思索，而後睜大眼睛對我凝視：

「你執意要進去其實也很簡單，村舍每條巷道都和廟的側門相通連，隨便找個路徑，最後總能走到主殿中埕。」

我又再回到原來的石椅，空氣中飄散濃郁的含笑花香，三川殿上方雲層漸轉稀薄，穿襯幾片亮青的雲朵。廣場上無人過往，連那兩隻灰狗也不曉得跑到哪裡，老司闍依舊桌前托腮，完全無視我的存在。

再撥一次手機，卡嘉依然沒有回應。

「她可能面臨身不由己的處境，以致無法接聽電話，」我心中暗自揣度：「若是如此，進到廟裡探個究竟，應是我無可旁貸的責任。」

跨過田埂，我彎進曲巷前頭一間土确厝。一位肥胖中年婦人手捧塑膠盤盛滿鳳梨迎面而來，親切請我入內坐到一張小圓桌，她放下果盤，笑容滿面：「嘗塊鳳梨，免費招待。」

這像似穿堂過道的狹窄空間浮滲土霉氣味，圓桌旁是一道通向屋外田野的磚砌拱形門牆，相對的另一端，是約一個人高，沿階而上僅容二人擦身而過的幽暗門廊。

「真的不用客氣。」看我躊躇猶豫，婦人憨笑說著，臉頰泛起深陷的酒窩，從地上抓起鳳梨，中指輕叩側耳傾聽。旁邊麥芽糖攤體格粗壯的男人頻頻向我點頭致意，熟練地將拉長的糖條切成小塊，黝黑粗皺的乾手不停均勻覆散花生粉。

婦人放下鳳梨，走到進門處張望，再踱回我面前。

「以前遇到廟會，到處都可以擺攤湊熱鬧。昨天管理委員會突然宣布：為了維護廟的莊嚴，凡是見天的地方全都禁止設攤。我們只好窩在這裡賣，說來慚愧，你是今天第一個上門的客人。」

她剛才歡愉邀客的臉色漸轉黯淡，努起嘴兩眼平直直望著展露技藝緘默操作麥芽糖的粗壯男人。

「妳是說管理委員會的突然宣示讓你們做不成生意？」我站起身挪開椅子：「我正要去籌備會找人，能否告訴我，開會地點往哪邊走？」

「先生，你是委員會的人？有邀請卡嗎？」婦人眼睛又亮起光彩：「我帶你過去，到時也沾點光。」

「沒有，」我說。

她興奮的神情一閃即逝，用手指向那道幽暗門廊：「從那邊進去，路徑複雜，說了你也記不清楚，邊走再問人好啦。」

沿上台階，回頭再望一眼，像電影的停格：男人繼續操弄麥芽糖，胖婦人捧著果盤鳳梨佇立門口笑臉迎人。再轉身，已然置身另一間教室般大小的屋舍，有股熱氣周身流動，幾秒鐘後方才適應室內暗光。一團團暗紅悶火散落四處，一群小孩——至少二三十來個——細鐵網架在烘爐上圍地烤花生，手拿竹筷不停翻轉撥動。旁近一個小孩，光禿圓顱映照烘爐投射的紅光，邊翻烤邊甩手驅散熱氣，他將一粒烤焦的花生塞進嘴裡，燙了口又將它吐出來。

「你犯規！」

小孩聞聲默默低下頭，繼續翻烤沒有回應，一個小學高年級生模樣的男孩靠近來：

「大家說好烘完一齊放進圓木桶，你卻偷吃！」

當他發覺現場多了我這個大人時，靦腆地把聲量放小，拉提鬆垮的褲帶。

「先生，」他稚氣臉龐流露專注的神情：「我是這裡的老闆，想買花生，還要等一下。」

看看手錶，這麼耽擱一個小時已經過去。不知什麼時候走道多了一副棺材，架置在橫放的長凳上，八個身穿運動裝，腰纏紅色繫帶的抬棺人各據一方肅穆站立。

我收斂神情，驚心錯愕，那個小孩老闆拉拉我衣角附耳輕語：「趕快找個隱蔽地方藏起來，等他們開始有動作，散發出來的煞氣你會受不了！」

內裡土牆上方兩扇破窗，灰暗樹影搖晃顫動，幾隻烏鴉停駐窗台發著粗厲嘎叫。小孩離開烤架，紛紛往窗邊土牆推擠，挺豎頭顱注視抬棺人。烘爐暗紅悶火間歇迸出畢剝急響，縷縷上竄的灰煙飛揚濃聚，薄紗般將我和小孩隔開，這間屋室已經沒有我可容身的地方。

「嘿，喲，嘿喲！」

低微沉吟和著飄滲的屍腐味震醒我的迷惘遲疑，急速竄出回到來時的穿堂，蹲伏磚階下圓形大木桶後面。

「嘿喲！嘿喲！」

「嘿喲！嘿喲！」

陽剛的混聲低吼，突然轉為一響尖銳嘶喊，我看見棺材頭露出門廊，幾近三十度斜角落下磚階，蓋棺板往前溜滑，棺裡迸出一道黑影，我僵硬的肌肉包裹不聽使喚的骨頭浸泡在自己汗水裡。剎那間領頭抬棺壯漢翻躍而下，肩膀撐頂下墜的棺木，伸手往空中抓握，一顆瞪著慘白怒眥，滿頭勁髮的頭托在他手中，倏忽一個翻轉往壯漢自己臉上套去，竟然面具那般密合！瞬間整座棺材流水般順暢地往門外瀉去。

嘿嗬嘿嗬聲漸漸隱去，我從圓桶夾縫看著一行抬棺人扭動腰身越過菜圃，消失在芒花遍覆的小土墩。

撥開圓桶吃力站起來，胖婦和男人已不見蹤影，鳳梨、麥芽糖散布一地。渾渾噩噩踱上台階，那幫小孩依舊抱頭蜷縮牆角，黑壓壓擠成一堆。

跨前沒幾步，踉蹌踢上凸起的門檻，整個人仆倒在地，有人過來將我扶起，我怒氣上冒，奮力摔開他的手：

「老兄，你們這裡真怪，連躺在棺材了，還會傷人！」

「請小聲說話，」那人伸指做出噤聲手勢：「驚動委員會的人可就不好。」

寬敞明亮的天井裡，或站或立一堆人面露詫異，直愣愣盯著我。

那人從人堆提來兩張圓凳，放在離人群不遠的地方邀我坐下。他年紀約莫四十與我相仿，嘴上蓄留一抹髭鬚，說話的姿態和語調相較卻比我老成得多。

「準是抬棺人的吆喝讓你這個外地人嚇著了，廟方尊貴者出殯都是這般陣勢，連家屬都不得靠近，村裡人早已習慣，懂得如何小心趨避。」

「請原諒我無意間闖入，打擾你們的聚會。朋友約我午後在山門前等候，陪她參加慶祝建廟百年籌備會，她一直沒有出現，只好尋門找她，不知不覺就到了這裡。」

「你認識管理委員，喔，如果願意幫忙，對我們或許是個好消息，今天大家正面臨相當艱難的處境——」

他站起來，向聚會同伴做個手勢，旋又坐下，兩手抱掌交握若有所思。我望向前方那堆人，說話間比手畫腳，但窸窸窣窣我連一句話也聽不清楚。原本想請他指點到籌備會的路徑，看他滿臉憂色，便把想說的話緩了下來。

「百年前他們建蓋這座廟宇，同時擁有四圍廣大平原的土地。我們祖先相繼在此租地建屋，造田種作，一圈圈環著廟宇向外擴張，到第六圈零零散散的，便不再有新增的家戶。幾十年雖然偶有遷進遷出，和祖先最早屯墾的規模幾乎沒有改變。」

「廟裡祭拜什麼神?」我好奇插口發問。

「祭拜什麼神?眾說紛紜很難講清楚,村人備具三牲五禮進入中埕主殿,重重紗幕看不清神像,心裡頭祈求什麼神,拜的便是什麼神。後殿旁祀的牌位,盡是廟方重要人物死後奉祀,剛才你看到抬棺出去的便是其中一位。」

彷彿遇見知音,他顰蹙的眉宇逐漸鬆解開來。

「全村男女老幼加起來三百多人,求的不過一口安順飯,廟方卻經常干涉這限制那,長駐主委每年坐收豐厚租金,表面溫文謙恭,骨子裡卻是頤指氣使的惡樣。」

「可曾向廟方投訴你們的委屈?」

「主任委員控制一切,向誰投訴!廟方十二個委員由起始建廟的子孫推代表擔任,除了少數幾個核心人物,誰是委員我們都不知道。委員會留給村民二個名額,但由廟方指派,他們不會站在我們立場講話,充其量當個傳聲筒而已。昨天獲得消息,今天有個重要議題討論,籌備會決定將這座廟委由別間廟接管。雖然現在生活並不如意，但面對未可知的未來我們何等恐慌！若肯幫忙，請將我們的意思轉達你的委員朋友，請他據理力爭，千萬不要把廟產讓渡出去！」

卡嘉從未提起她在距離我們居住城市幾十公里外的小村落擁有這等權勢，現在連個人影都不見，我即使有心，又如何幫忙？

天井裡的人全都坐下來，圍繞一位白髮蒼皤身材魁梧的老者帶領大家哼唱。「那是我們村長。」他說著，熱切握緊我的手，出聲應和大家低吟的旋律。

發自腹膛雄渾的男性合聲讓人心動，優美旋律裡浮現一幅畫：廣沃翠綠的平野，金黃稻穗迎風梳理波浪，水塘鴨鵝悠游……間雜的「嗡，嗡，」聲由微弱漸次爬升，彷彿揮喉驅趕低空盤旋俯衝的鷹鷲。旋律隱去，轉為平直的唿哨，全部的人乍然起身，包括我身旁的男人，引吭迸放高亢雜亂的厲吼，像似寒冬森林裡狼群引脖呼嘯。

「你們聚集這裡搞什麼把戲啊！」

突然出現的高喊鎮壓大家的吟叫，天井裡立時抱頭四散，「委員會的人來啦！

大家快跑！」朦朧間有人拉我一把，來不及反應，竟也隨人群逃離天井。度過昏闇的微光，朝遠處稍可辨識的明亮地方奔去，又聞到空氣飄散陣陣濃郁的含笑花香，這時我才喚回神智，清楚意識到：隨村人倉皇逃散是何等獃愚可笑！

喘氣甫定，再次撥動手機，依舊沒有卡嘉任何訊息。

我站立高處，離下面修剪整齊嫩綠的高麗草坪約莫整層樓高。中央隆起一壘碉堡般的土丘，挺立幾株枝幹粗壯的含笑，淡乳色的花蕊或含苞或開揚綴滿枝葉。突隆的高頂豔紅仙丹往下輻射，八條植道圓團狀的花朵層層披散。

花叢持續傳來模糊的歡暢聲，我挪前趨近，對面植坡花草掩映的高麗草坪間，隱約有擁抱扭動的人影，裸露的雪白腿股勾纏疊錯。

我從未遇見這般展露肉體的實景，坡道斑斕的五顏六彩捲揚一波波莫名的悸動，及至歡暢聲逐漸竭息，紅綠交錯，久視之後像似旋轉不斷的翻騰波濤隨之闃聲沉寂。

信步跨下兩級石階，身側方窗櫺條散發清淡陳老木香。巷道另頭，平房斑駁白牆外伸探高大緬梔，垂掛稀稀落落幾片葉子，錯綜枝幹形塑公鹿犄角的況味。仙丹花叢裡走出一位婦人，身著寬鬆花彩衣裙，沿坡道草坪緩步晃來，當我走完石階，就在屋前與她相遇。

她膚色白皙，緋紅臉頰鑲著靈活潮潤的亮眸，窈窕均勻的身材搖動自若的神態，很難猜測她貼近的年齡。

「請進，我們有在營業，」說著引我進入屋內，邀我坐到窗前玻璃小圓桌旁的籐椅。

「我們店裡提供的東西很簡單——茶或咖啡，如果喜歡，也可以為你準備一碟乳酪。」

我有些舉足無措，不知怎麼回答才好；她似乎不太在乎究竟我要點什麼，沒等到我的回答，就轉身進到內室裡面。

廳堂中央擺放一張長形大方桌，一個小男孩低頭認真寫字，檯燈冷光令他削瘦臉龐益加顯得蒼白，從我進門都不曾見他抬起頭。小孩背後，書架延伸至頂幾乎占據廳室大半牆面，透過天窗，光線瀉落乾淨的玻璃櫥櫃，各類書籍排列整齊，互相擠靠在架格裡。

從到達村莊，幾經波折，現在安坐籐椅，置身優雅的境際當中，享受難得的片刻寧靜，想去推衍揣測的心思全都消褪了。

「不好意思，讓你久等。」她將托盤的咖啡、茶、乳酪陸續搬置圓桌。

「謝謝，」說著，我扶起杯耳湊鼻聞嗅，輕輕啜飲，再緩緩放回圓桌上。

她拉出另一張椅子坐下，握著菸遞到我面前，我搖搖頭，她抽出一根套塞細長的菸管，逕自抽吸起來。

「你一定是咖啡老手，」她微笑說：「咖啡端出後，通常我會靜靜觀察客人如何喝第一口，接著看他怎樣放下咖啡杯，再細讀他臉上表情，心中就全部了然了。」

她眼睛閃爍炯亮的光芒，將玻璃壺黃澄澄茶水倒進自己杯裡。

「躺臥花叢我就聽到腳步聲，可是當時正被壓得喘不過氣，連轉頭的機會都沒有。」

喝了一口茶，她臉望向窗外，修長的雙手連同茶杯垂落膝間，唇角翕張，眉宇間流露若有所思抑鬱的神色。

「真是打擾了，」我說：「先前我並不知道有這麼個地方。」

「請別介意，我只是說說當時的感受而已，」她咯咯笑了起來：「既然身臨其境，你可以稍加想像：當八個植道全都填滿這些綻放的肉體，將是何等壯觀！有時候那是挺有樂趣的，皮膚碰觸高麗草，千萬個毛細孔緊縮弛張，傳遞無限的訊息，蔚藍天空和著芬芳泥土，那一刻萬般全都放下啦。你聽過時間嗎？我想是沒有，很少人知道時間可以用聽的，不經耳朵，卻明顯體會到那種狀況。」

我暗自作了些許衡量，望著她明澈的眼眸，心頭千縷萬緒、不知如何應對她的話題，左手撫弄右掌背搖晃著，類如撥弄弦琴的顫音。

「請稍待，」她起身走向書櫃，拿出幾本書放在男孩面前低聲叮囑，男孩抬頭傾聽頻頻點頭，隨即俯身繼續他的課業。

她踱步坐回籐椅，再次燃菸，煙氣往空中緩緩蔓衍。

「我向來坦率，既然開張營業，只要合意什麼都可以賣，看你捧持咖啡那一刻，我已經對你另眼看待——」彷彿察覺我的侷促不安，她伸手輕柔撫摩我的掌背：「你不必驚訝，前面那排乾淨房子都是廟方安排給有學問人住的，有的編纂廟史，有的算計開銷支出，有的撰述讓村人服貼的文宣……而我擁有得天獨厚豐美的身體，藉以撫慰一些失落的心靈，論列普世價值，我和他們有什麼不同？」

「很有道理，很有道理，」我內心深處油然泛生衷心的讚賞，看來壁櫃豐富藏書並不全然用來裝飾擺樣子，她這陳舊破損的小蝸居處處流露有待理解的非凡意義。

「若非趕時間，真想多逗留一些時候，」我將殘留冷咖啡一飲而盡。

「你還不要走！」

她冷然的豔色益加動人。

「可是我得趕著去參加廟方的籌備會。」

「你是委員會裡的人？我怎麼會不認識？」她滿臉訝異，疑惑追問。

「我應朋友的約趕來共襄盛舉，能指引往會場的方向嗎？」

「我帶你過去。」

我們起身離開廳堂，由左邊轉兩個彎，昏暗的廊道，她右手勾纏我的臂窩，柔軟的身軀貼靠過來，髮絲間瀰漫薰衣草的香味，大家緘默不語，像似老友般有了共同的體會。

「我只能送你到這裡，向前走幾步，就到正殿了。」

說著轉身離開，消失在黑暗中。

穿梭層層擁擠的人陣，毫無阻攔地在正殿中埕側邊最前排找到座位。甫坐定，原本站立的人爭先恐後紛紛搶占面向中埕的兩排空椅。正想將會場看清楚，本來寂靜的中埕和左右兩側廂廊，像打開電視，聲音乍然四面八方奏響起來。我發現自己意料外陷入一種極端困境中：背後累疊的群眾，連梁椽都冒出一張張人頭；

所在的右側廂廊和中埕邊緣搭起木柵欄，每隔兩三公尺站立一位藍衫漢，襟前染印個大「卒」字，面容嚴刻，防伺人群無端跨越；我的左右肩摩轂擊，即便想暫時離開也幾乎寸步難行。那個女人將我帶引到這裡，似乎一切都事先安排好似的，讓我落入運定的場際。

眼睛極目四下逡巡，終於發現卡嘉了！她坐在拜亭左側下方鋪著白色布縵椅上，兩排座位唯一的女性顯眼極了。我立時興奮站起，兩手交叉空中不停向她揮動呼叫，她眼視前方恍若未聞未見。

我再次揮手呼叫，卒衣護衛眉頭深皺，過來做出噤語手勢。

「先生，」我伸手指向卡嘉：「能不能替我向拜亭附近那位坐著的女士傳個訊息，說我在這裡。」

他伸指唇間，搖搖頭，不發一語挪步走開。

旁座老人牽拉我的手臂要我坐下，張著門牙脫落的嘴對我說：「別白費氣力啦，他們看不見也聽不到。」

卒衣護衛明明聽見我的呼叫，否則不會走過來干涉，我不想和陌生人作無謂的爭辯，只得懷悻頹然坐下。

中埕肅穆站立一隊人馬——身著紅袍，臉掛彩繪面具，黑絨圓帽伸出白色羽飾——組成六排方形隊伍，巍峨峨散出懾人的氣勢，霎時將四周的吵雜鎮壓下去。

絲竹聲乍然震響，這批排站的陣隊全都俯身踞跪，頭額觸地，靜默幾秒鐘，雙腿拖地慢慢匍匐前進，正殿拜亭前起身挺立，抖動身軀搖甩頭顱，垂長羽飾整齊劃一地勾畫優美的彎弧。大香爐濃煙密布，紅袍飛揚，狀如染血的波浪在空中舞動。舞陣緩下抖動，轉身踩踏方步，每當甩頭，臉上面具便轉換一張新的花樣，由慢漸速，五顏六色匯集一道道耀眼光芒，煙花般四方投射。眼睛幾次閉闔，舞陣已經奔向殿門口，僅剩下暫留的紅色映像。

麥克風響起嗡嗡塞聲，廟埕四周頓時肅靜，正殿重重灰紗布緩緩拉開，趺坐金身塑像朦朧身影遮掩在氤氳繞繚的香火之中。

卡嘉排座當中走出一個人，約莫五十歲，身軀挺拔模樣斯文，淡藍襯衫配裏橘紅花領帶，將一疊資料袋放置拜亭下方講台，俊美紅潤的白皙臉龐流露一股懾人氣勢。他轉身雙手合十對金身塑像彎腰敬拜，而後面向群眾深深鞠躬。

「各位委員嘉賓，各位鄉親，大家安好！因緣湊合，能夠躬逢建廟百年大典是我畢生榮幸，首先要感謝北邊大鎮鴻福寺的表演團——」

攤平手掌往前一推，掌聲中，踞坐殿門附近角落那批紅袍演隊紛紛起身答謝。

「承蒙大家不棄，推舉我擔當主任委員。這些年來，腦際時時刻刻浮現先人篳路藍縷艱難求生的種種影像，想到雙肩背負的重擔，夜半驚心不寐。半個月後同樣也是星期六，我們舉辦百年建醮大典，屆時將開山門迎接所有貴賓，有關慶典細節安排，半年前已經委由李建邦委員負責策畫。」

說著側身，左手一攤，排坐的委員群中有人起身致意。

「擔任主任委員數個年冬，經常神前冥思祈獲啟示，一切作為無不遵稟神明旨意。去年西邊厝間陳家因連續大雨屋梁塌陷，壓傷一位老人二個小孩，敝人親臨探察，慘狀令人掩臉啜泣！這時有個聲音傳進耳中：『責任！責任！』我內心深處隨即嚷喊：『責無旁貸！責無旁貸！』呼應那無比威嚴的諭告。經過不斷冥想，我靈光乍現：本廟和整座村落百年來一成不變，任令時間吞蝕腐敗，何等遺憾！讓莊嚴靈宇和美麗家園田野有個嶄新面貌，這就是神明交付下來的重任。」

全場的人似乎凍結在他巽柔鼻音的感性話語之中默默點頭。儘管我心中受到些許牽動，耳朵聽著，目光卻一直盤旋卡嘉身上，優雅的頸項纏圍我送她的印度紫紗薄巾，瀟灑飄逸本諸天然，她端坐目無旁視，眼睛不曾挪移到我這邊來。

主任委員放下啜飲幾口的水杯，亮起炯炯眼神環視四周：

「正當我殫精竭智構思如何拓造新局面，鴻福寺派人過來洽談，提出企劃藍圖，細覽之下竟和我的神前冥思不謀而合。簡單講：有他們雄厚資源挹注，本寺廟得以繼續奉祀，村民可以豐衣足食，沒有神明庇祐，絕不可能有這樣的機會。今天我將參議內容向委員會提出，全體委員沒有異議。本廟連同所屬廟產將一併委託鄰鎮鴻福寺經營管理，他們神明和我們奉祀的一樣，都來自遙遠祖鄉，一定會獲得絕對的尊重。」

從講台揚起神明令旗，他望向中埕天際，滿臉凜然的威儀。既沒有人歡呼鼓掌，也沒有人立即發言表示異議，他頓在講台前，時間停滯，氣氛凝窒。

我身邊開始窸窸窣窣，交頭接耳，乃至混亂吵雜，終於有人從我後邊大聲嚷叫：

「我們反對！我們反對！」

擠滿對面廊道的村民也高呼應和。

主委起始有些錯愕，但仍保持慣常和熙的微笑；及至判明發聲的所在，他扭正歪斜鬆脫的領帶，嘴角下垂，現出剛毅的神色：「讓你們來聽報告已經不錯了，這裡沒有你們發言的餘地，護衛請維持秩序！」

三名（驍勇）大漢提握木棍走過來敲繫柵欄，村民賁張的憤懟立刻被壓抑下來，停頓各自的談論，場面又恢復安靜。

「當然，任何意見我都尊重——」

主委再次拿起水杯啜飲，回頭看看後面排坐的委員，像似等待適當時機好宣布圓滿散會。向來精敏善於言道的卡嘉，對於將偌大祖產拱讓別人經營管理這麼重大事件，竟沒有表示任何意見，不知什麼緣故蛻變成一尊美麗的木偶，頗出乎意料。作為一個只能啞口的外鄉客，明明與卡嘉近在咫尺卻無法聯繫，我有點生氣，卻又不知道向誰生氣！

「沒有一致同意！」右座委員群有人站起來：「剛才開籌備會沒有表示反對，並不等於同意。」

「哦，賴委員，」主委說：「有關內部意見，可否散會後大家再來參詳。」

「這裡就是內部！」那人粗獷語響高調地將主委的麥克風壓下去：「剛才開會我沒有作聲，是因為陳述冗長又含混其辭，現在趁大眾聚在一塊，道理講個清楚，否則我絕不會贊成轉移廟權。」

「賴委員，你有些誤會啦……」主委泛紅著臉：「並沒有轉移廟權這回事。」

話沒說完，卡嘉鄰座，負責百年建醮策畫的李建邦委員走到主委身邊，接續他的話語：「這樣講就是賴委員你的失察，你一年難得來幾回，哪會了解村民的心聲？為了往後生計，為了後代子孫，全村一致企盼早日開展新局面。再說，俞主委個人修養和睿智在場諸位有誰比得上？對他，我是徹頭徹尾衷心敬服。」

身旁老人對我低聲耳語：「這位是主委親點的村民委員，伊阿爸是我厝邊好朋友，要是還活在世間，非用扁擔把他轟出家門不可，什麼全村的人都同意，駛恁鬼，我就不同意！」

沒理會中途被人插斷，賴委員暢開宏亮的喉嚨繼續接著說：

「翻閱廟史，百多年前尚未建廟的時候，這裡便有散散落落幾家村農，建廟先人來後，囊括所有溪河到山邊幾百甲土地，規模逐漸成形，拓土收租，到現在已經好幾代。僅憑幾個人開會說一說，便要將祖先積年血汗讓渡出去，可以如此草率處理嗎？據我所知，鴻福寺主委是個建築商，擁有龐大資金，對我們這個毫不起眼的小村落感興趣，箇中原因當真耐人尋味——」

主委起始茫然呆立，任令這位事前絲毫沒有顯露徵兆的人剝奪他的主控權。可是很快就回神過來，緊繃的臉回復輕柔的微笑。

「賴委員，請聽我說——」

他趨前輕搭賴委員的肩膀細聲低語，賴委員似乎滿意他的說解頻頻點頭，很短的時間裡他們之間有了共識，主委揮手示意，全部十幾個委員圍攏過來繼續商議。

天空灰蒼蒼一片陰霾，空氣浮泛厚重潮濕味。對面廊簷二隻烏秋追驅落單的夜鷺，聒啼飛向山門。廟埕飛繞零落的白蟻，拍動飛翅，有的抖落地面，有些停駐木欄，細點白蟻蜷伏蠕動。

圈圍的委員紛紛回到原來的座位，俞主任委員氣定神閒地走回講桌前拿起麥克風：

「抱歉，耽誤大家一點時間，經過委員再次慎重討論，開誠布公表達自己的意見，已經有了共識，一致同意委由賴委員神前擲筊，連得三個聖杯表示通過議案，由神明決定全村的未來。」

我的周圍又議論紛紛起來：

「擲筊？搞什麼鬼啊！」

「什麼長期冥思問求神啟，話都是他一個人在講！賴委員明明理直氣壯，為何在關鍵處卻又轉了彎？」

老人嗤嗤嘻笑：「擲筊，擲筊，沒杯嘛擲到有杯。」

當賴委員緊扣杯筊，高舉祈告，四圍又恢復安靜。俞主委侍立在側，其他委員俯身恭立，所有的人張目屏息以待。

「鏘！」的一聲，落地的杯筊反彈飛躍，跳落拜亭前，花崗石雕鑿的雲龍凸浮指爪間，直挺豎立，膠黏似地動也不動。

「立杯！」

「兩杯皆立！」

委員不約而同群起高呼，原本靜默的廟埕突起騷亂，有人推倒木柵欄，不理會護衛瞠目喝阻，跳進廟埕擁向殿前拜亭，烏壓壓人眾霎時填滿整個空間，爭睹這開廟以來未曾有過的奇蹟。我仍舊坐在位子上，身旁老人或許自忖不堪推擠也怡然安坐。

空中降雨似開始落下白點，成千上萬的白蟻從腐朽的梁椽，以及其他無從知曉的地方鑽出，著魔地聚集飛竄散落。這些小生物燈下盤旋，撩起漩渦狀的急轉，明滅間舞光閃爍。廟埕人眾紛紛伸手拍擊臉頰，拉提衣襟抖掠，晃神起乩般不停跳動，踐踏那些脆弱生命的肚腹，石板上刻劃一蹙蹙的印記。我身上必然匯聚不少，只是沒有半隻飛來臉上挲摩也就懶得理會。

似雪飄灑的曚曨景象逐漸褪散，只在極短時間內，幾乎我的眼睛眨個五六下而已，廟埕只剩老人和我，一個人影也沒有。像山洪暴發，流水漫溢，霎時沖刷殆盡。

「哈，這些人，」老人點燃一根香菸，悠閒蹺起腿：「簡單的白蟻就驚嚇成這副模樣。」

我點頭會心微笑，往後殿側門走去，兩只立杯像神明湛聽大地聲籟張掛的雙耳，依舊挺豎。我想，這回找到卡嘉應該是毋庸置疑的啦。

原載二〇一五年十一月號《印刻文學生活誌》

來自蕃薯寮

1

午後小寐醒來，哲清收到馬沙歐寄來的掛號信，隨信附上一張十萬元郵局匯票。這位從小學年代便非常親近的友人，去年初撇下畫廊由家人接手，隨即從朋友群中銷聲匿跡，現在才又有了訊息。

「哲清吾友，久未見面想必安好。

因為欣賞花蓮的壯麗景觀，想在這裡安居下來，四處寫生作畫，卻發現它窮山惡水的本來面目。走在街上，到處人群喧鬧擁擠，車輛川流不息。那無形的窘迫，感覺到生命，存活空間都受到嚴重的威脅。無人可以交談，我只能默默孤獨承擔。

有個臉貌圓渾，經常變易穿著的中年男子，總有意無意出現我的眼前，我應該見過他，只是想不起來曾經在那裡見過。

經常無故碰頭，像似受到跟踪尾隨令我不自在，有天終於忍不住進前輕拍他的手臂：

『我知道你是誰！』

他靜默望著我，舉態謙和，像個教堂牧師。

『我真的知道你是誰！』

『好，』那人眉毛上揚：『你說，我是誰！』

『你是，』

話剛出口，隨之語塞，想了又想，整個思維陷入一片模糊；就像挑起顏料，卻不知道應該塗抹在畫布那個位置。他晾下我，走進公園涼亭閒聊的女人堆裡，熟友般地攤開其中一名老婦人的手掌指指點點，像似為她們說解命理。

我暫時緩下置產安頓的念頭，繼續寫生作畫。有天搭客運車到鹽寮找一處標榜無水無電的寮屋想住幾天，卻過站在蕃薯寮下車，隨意漫走，經過坐落參差的墳場，來到僅粗具規模的一座禪寺，沿高低地勢散布幾間小木屋，可以俯覽蔚藍的海色。當天我住了下來，喧囂聲聽不到，那個圓渾的熟面孔也消失不見。住持印海禪師願意收容我，先當一名優婆塞學習佛法，其餘再看機緣。

在我生機幾近完全疲怠的時候，如此找到了自己的庇護所。

只是心中橫梗著一件虧欠別人的不安，短時間內無法離開，也不能和外界聯絡，這封信還是委請每天來回花蓮的虔誠信眾替我處理。希望你依信中所附地址將匯票交給她，並代替我致上最深的歉意，這件事情本來應該我親自去做才算夠誠意，我既做不到，只有委請你了。洪正雄合十敬上。」

「蕃薯寮？」他沒聽過這樣的地名，從書架抽出觀光書，在地圖上找到它的位置，一個標示小圓圈的臨海村落，就是馬沙歐稱之為庇護所的地方。

藝術學校畢業，在巴黎、紐約闖蕩七、八年，回國後結婚生子，開設一家畫廊專賣自己的繪作，不必在乎贏損，朋友當中他是最能夠為所欲為的人。作為家中獨子，父母死後留下豐厚遺產；美麗又能幹的妻子，將藝術品投資公司經營得有聲有色；孩子從英國留學回來，頗有傳承母親的架勢，一切都順理成章。

信封標記來自花蓮蕃薯寮，日期卻是十天前，想他寫完信到決定寄出必定經過一番猶豫。

因為附加了十萬元郵局匯票，並且攤派任務，哲清收到這樣的信感到很突兀，將信重複讀了幾遍，心中仔細推想：

他有什麼需要庇護的？

可是字裡行間卻又剖白似地流露一股內在的惴慄不安，獨居花蓮的那些日子，他有什麼特殊遭遇？已經年逾五十，久經世事，有什麼可挺不住的？而造設出一個圓臉人物來威脅自己！

一年多沒見，哲清由覽信初時的興奮，漸漸轉為疑惑不解，可供探索的資料實在太少，無法廓清究竟怎麼回事。他擱下信件，撮嘴喝了一口茶，閉眼陷入沉思，友朋間素來扮演美食家角色的馬沙歐，朗爽的笑容在他面前盤旋。

電話鈴響，看號碼，是妹妹雅芳打來的。

「旭輝愈來愈不是樣子，」從急促呼吸聲，可以感受到雅芳情緒的激動。

「講不到三句話就氣撲撲跑出去！」

「什麼事情？」

「那有什麼事情，講到選舉，他就變個樣！」

他很清楚旭輝的脾氣，變樣的一定是從小就傲慢的妹妹，因為各自支持不同的政黨，話題轉到政治便常有齟齬。他曾對旭輝說過：一個人對所支持的政黨已經到了信仰的程度，便不會講道理，相互辯論，徒增紛擾而已。旭輝還是按捺不住，總要爭個所以然來。

「阿兄，阿爸阿母已經不在，你要替我作主！」

「都快五十歲的人了，要替妳做什麼主啊，何況妳的嘴口從不輸人！」他心中想。

「好，好，」哲清不斷咯笑：「下次到妳家喝酒，我先罰他三杯。」

「我講真的，你卻跟我說笑！不跟你講了，你們都是一夥的。」

雅芳掛斷電話，似乎把哥哥也一起氣上。放下話筒，哲清並不以為意，她容易生氣卻不屯悻，想來不幾分鐘怒氣便煙消雲散啦。

他換上運動服，穿好球鞋，前往斜對面不遠處的環保公園，去做每日慣常的慢跑。

2

翌日午後，他在改為美術館的舊市政廳附近街巷，找到馬沙歐所給的地址。

「原來是這裡！」

這是一家他們熟悉的日本料理亭，坐落在一幢獨立七層樓房的一樓。料理亭標榜魚貨素材當天直接從日本空運，吸引恍如美食家馬沙歐的興趣，移居花蓮前，大都選擇這裡作為朋友會聚的地點。哲清特別喜歡它提供的酥蝦，醬瓜和油炒花生的餐前小菜。它的收費相當昂貴，每次來都是馬沙歐和明吉輪流作東付帳，哲清只來過幾次，他無法回請，又不願淪為清客，經常藉故推辭。

入夜以後，它的清雅間隔外在世界的喧雜，散布一股尋常感受不到的幽深調味。政商名流經常在隱密的包廂裡面杯酒交錯，店主「阿器將」話不輕易出口，在她的王國裡，女王般與各界維持神秘平衡。每有重大政經事件，記者從阿器將身上是挖掘不到訊息的，最多只能從服務員得到以訛傳訛的猜測。

屋前豐富的陽光照耀盛密精緻的翠綠朝鮮草，木架圍籬旁幾株玫瑰伸冒嬌麗的粉紅花朵。屋簷下圓桌，有個婦人仰靠椅背悠閒喝茶。

哲清招手，她放下手中書刊，緩步進前。

「冒昧，打擾了，」

當他這樣說的時候，已經認出是店主阿器將，而幾乎同時她也認出哲清。

「你是靳桑？」

清揚的嗓音聽來頗為悅耳。

往日在包廂裡面，阿器將進來致意，酒酣耳熱之際大家彷彿熟友般無所不談，實際上彼此間認識並不深；現在，馬沙歐給的只有地址沒有電話，無法事先約定如何造訪，哲清覺得失禮不自在。

「請，請，」

她以日語招呼，彎腰致意。走到入屋前玄關，阿器將突然轉身：

「屋內尚未清理乾淨，還是外面坐清爽些，先請坐，我泡個茶。」

她收拾圓桌的書刊和自己的茶杯，招呼哲清坐下。

左邊牆角兩株矮種鈍頭盛開白中透黃的蕊苞，空氣裡飄散濃郁的花香。

阿器將擁有電影中日本女人婉約秀美的氣質，二十多年前在南非做魚翅進口生意，賺了錢回來的明吉，雖然年紀差了一截，喊嚷要送她一只珍藏的南非鑽石，卻沒見過阿器將戴在指間。

「抱歉，怠慢，」

她將茶連同托盤送到哲清面前。

「想來靳桑是從網路看到租售廣告，才有今天的駕臨罷？」

「不是正開著店嗎？」

「料理亭已經歇業快一年，大家都是熟朋友，也就不諱言了。」

她望向哲清，伸掌致意，顯露一塵不染的淨白膚色。

「先請喝茶。」

哲清端起茶杯喝了一口，顏色味道正是他素來喜歡的舞鶴紅茶。

「我那日本廚師澤川君和女經理哈露你是知道的，多年下來，他們竟然鬧起戀愛，聯袂堅決離職，後來聽說在高雄開店，我也順勢收攤，不想再經營下去。」

「真可惜，這麼高雅的店。」

「靳桑從教職退休了罷？怎麼對飲食業也有興趣呢？」

說了一堆拉近彼此間距離的話，哲清猶豫著要如何啟口馬沙歐的事情，短暫語頓，陌生感又從心內泛生出來。

「退休已二年多，雖說是職業疲乏，但工作和不工作領的錢相差無幾，就決定退休了。」

再次扶杯喝茶，哲清從襯衫口袋拿出信函。

「我是受馬沙歐請託，而有今天的拜訪。」

「喔，馬沙歐桑！我也正懷想著他哪！」

阿器將接過信仔細閱讀，又翻看信紙的背面和掛號信封，哲清將郵局匯票移到她面前。她嚴整的臉容陷入深沉思索之中，哲清不想多加窺探，視眼移至鈍頭間幾隻徘徊跳耀的綠繡眼，牠們飛過朝鮮草叢，停駐玫瑰花處木欄啾鳴。

「你們這群朋友，我最看重你和馬沙歐。有一回我親自端酒過來，他伸手輕撫我的臉，我沒有閃動，我知道藝術家需要經過這種觸感來深化他的創作，他望向我的樣子，既輕柔又素淨……時間點真是個奇妙的東西，稍縱即逝，卻又將各種事象黏稠在一起。這個時刻若是馬沙歐親自跑來，或許是另一番場面；澤川君若是晚幾天提出辭職，整個店我會交給他們經營，那時間我正萌生隱退的想法。」

她把信連同匯票回移我面前，咧開清冷的笑容：

「他竟然將自己絕棄在海崖荒野，雖是如此，這筆錢我不能接受，想不出他有絲毫對不起我的地方，道歉云云，也沒有意義。」

3

告別阿器將，哲清順路到附近一家老茶行買茶葉，回家途中經過三角公園，看見一群人團團圍住站立木箱的表演者，午後烘暖的秋陽落照那人激奮的臉，他擠進人堆仰頭佇立傾聽。

「將軍率領部伍攻占河谷當天黃昏……」

表演者揚起高亢聲腔，緩慢而清晰地向前飛瀉，背後高聳的肯氏南洋杉直伸淡淡開擴的藍天。

「獨自站立高岡，俯視草原奇景和遙遠山頭滲透的紫芒。」

恍若細眼睨著黃沙滾滾的土原，表演者垂下眼瞼，手臂平伸，攤開掌心，雕像般靜立不動。

「是肢體表演藝術家親臨獻藝罷？」

彷彿靜立也是表演的一部分，時間隨表演者的興致了無動靜地延伸下去。凝滯的氣氛裡，哲清從那人停歇中稍微回神，湊趣往表演者身上端詳：黯灰舊絨質大衣包裹整個身體，下襬露出像似舞台官人踏步的高筒橡膠雨靴，整齊中分的斑蒼髮絲微微振動，碩大頭顱套住極不襯配的瘦小骨架，嘴邊勁吐的鬍鬚上方射出兩道逼人的凝視，從容而誇張地將自己暴形在川流不息的公園路道。

表演者呀呀喉音散發一股沉鬱悲懷，群眾圍成淺彎弧，有人拍掌，有人吆喝，喧聲鼓譟那人繼續推演情節。表演者渾無所動，斜眼睥睨，醉心在自己的架式裡。

「諸位，」

表演者咧開一嘴疏落的黃牙。

「紫芒蓋頂乃皇天為人間帝王表顯威儀，」

挫頓幾秒鐘，他稍彎腰，手指由左而右輕輕點顫。

「將軍提握單鉤，策馬高舉，宣整士卒從高岡急衝而下，留下數名椽筆吏觀察記述，預備他日勒石銘勳。整理戰場，兵卒死傷逾半。初春淙淙溪流瀰漫寒意，酸風刺骨，將軍率眾向京城前進，訇車戰鼓馬鳴風蕭聲中，感受不到勝者威儀，竟至蒼涼潸泣。」

蹭蹬一聲，雨靴重重碰擊木箱，他收回空中比畫的雙手，撫貼胸膛。

「那淚水，人說是英雄吐屬，」

高引的嘶厲和著飛揚的鼻音震懾哲清幽曲的耳膜。

「縱橫的兩行淚水哪，我說是……我說是曾經滴濺河谷的殷紅熱血，箭鏃穿越迴風急轉貫通人子胸膛的悶哼，擎旗手不堪重擊額頭碎裂滲溢的赭漿。」

表演者現露愁容，側身舒吐濃痰，黏貼地面，鏗鏘會聚成一團模糊。

「酡紅落日染照大地，將軍舒坐紫檀木椅，展鋪虎皮墊，溫酒獨酌。」

表演者兩撮眉毛往人中攢蹙，嘴角牽動幾下，嗚咽抽搐，淚水縱橫交錯，像受到無盡委屈，童稚般放肆號哭。為這突來的異變，大家面面相覷，有些聞嗅出異狀的人紛紛退離圍圈外。

「終於哭喊，該收場散戲了罷！」

一個腰繫纏包的魁梧年輕人，撥開圍觀人群，衝到肢體表演藝術家面前：「沒幾天鬧一次，大家生意要不要做啊！」

中氣渾厚的謾罵壓過嚎哭，年輕人伸手抓他衣襟，表演者從木箱跌跤下來，仆身仰倒。人群哄亂，藝術家爬起身站回木箱，兩手插腰咯咯哼笑，年輕人再度伸手，哲清進前挺身阻擋，罩著寒冽蒼白的臉。

對峙間，響起連串哨音，兩個警察快步跑來，攤販窸窸窣窣收拾擺地的貨物，各自快速竄逃。站立木箱的藝術家直眼望向警察，從容脫卸絨質舊大衣往空中丟擲，隨勢飄揚，落地的同時，他彎弓右臂，拳頭頂天，硬繃肌肉，赤裸裸的乾瘦軀體由上而下暴露在驚聲齊呼的人群中。

除了黑鬱鬱的皮膚空無一物，來自遙遠天際的彩霞映影在他身上穿梭。哲清上下端視，憶起不久前看過的一部日本電影：老乞丐捲握鈔票，雪地靜巷，向酒館女侍求歡，女侍攤掌輕輕承托頹委弱垂的囊袋，美麗臉龐秀出溫靜的憐惜……相近的形象，由濃眉眥目、雄氣勃發的將軍，一下子變成憨笑、髭鬚雜亂泛白的游氓，霎時間大家難以適應其間的反差。

警察撿起大衣迅速替他披上，穿結紐扣，左右押架。走了幾步，藝術家突然轉身抓住哲清的手臂，「兄弟啊！」他輕聲呼喊，不斷搖頭欸嘆。哲清任由他抓握，直到攀拉力道減弱，終而鬆開。

短暫的喧鬧，公園路道回復原初風貌。根據常在這一帶販售芳香劑的女攤販陳述：這位老先生偶爾跑來這裡墊木箱說唱，起初沒人理會，大概唱得動聽罷，引來許多過路客圍觀。大家都認得他，至於何等來歷，卻沒有人說得上嘴，要不是發生衝突，警察很少來干涉。「當然，」女攤販溜轉漆黑的大眼珠：「他是有脾氣的，忌諱有人投擲錢幣，我親眼看見他默不作聲收攏地面的錢，向觀眾漫天飛花似的播撒。」

哲清駐靠路旁欄杆，若有所思，卻又無法完全集中精神。擺地攤的又再將販售的貨物展鋪地面，路人相互擦肩而過，四周高樓拉攏擠靠，市招廣告縈繞囈語，通衢大道列隊的汽車一輛挨一輛靜待紅綠燈的指揮……面對蠕動如波瀾的人潮，雖是灰黯的秋日，他踏實感受到無可名狀的逼迫。

哲清心中翻轉幾個念頭，漸漸靜心沉澱：

「這種逼迫已然強勢到人不能抵拒的地步，當人糾結為群體，相互緊密牽連，任何個人無論擁有多大力量，都無法從這牽連跳脫出去……阿器將說，馬沙歐將自己絕棄在海崖荒野；這個稱我為兄弟的說書人，卻是把自己絕棄在喧囂的都市中，所有人究竟都是處在這種哀衰的處境……」

他不想再想下去，沿路走向公車站牌，不覺間學起街頭藝人「箭鏃穿越迴風急轉，貫通人子胸膛」的哼吟。

4

哲清在巷口吃完自助餐，回到家靜坐下來，煮杯摩卡壺咖啡輕鬆筋骨，準備稍待到公園作每日慣常的慢跑。

電話鈴響，馬沙歐妻子淑美打來的。

「哲清，我是小妹淑美，好久不見。」因為都姓陳，哲清常稱呼她小妹。

「好久不見，」

從馬沙歐搬住花蓮到現在，當真好久不見。

他暗自驚訝：收到掛號信那刻開始，往日種種好像又突然自動串聯在一塊。

「明天中午，我想請老朋友聚聚吃個飯，有空嗎？明吉和塔洛也會到，能來嗎？」

論交情，這飯局無法拒絕，可是少了馬沙歐在場，他參與的熱情已經減少一半。「好，我會到，在那裡？」

「你十點半先來畫廊，我有事和你商量，到時再一起去餐廳，可以嗎？」

「可以。」

「真謝謝你，打擾了，見面再談。」

電話中哲清本想提及馬沙歐在花蓮的狀況，但因為郵局匯票被拒收的事還有待釐清，也就暫時按下。

他本來就想到畫廊一趟，淑美就湊巧來電話。他想起阿器將今天說的「事件時間交會點」，彷佛有隻看不見的手在某處撥弄。

「時間是什麼？生冷的物理定義以外，又存在什麼人世意義？」

他乍然回神：「奇怪，怎麼老是想到阿器將？」

又是電話鈴響。

「哥，嫂嫂什麼時候回來？」

話筒那邊傳來雅芳悅耳的聲音。

「還不知道，她沒打電話回來，怎麼？要託她買東西嗎？」

「沒有，隨便問問而已。」

二年多前，日本一家藥廠和京都大學合作，給予兩名台灣學生碩士獎學金，獲選的哲清兒子宏志，畢業在即，面臨寫論文的最後關鍵，妻子素桂特別過去照料生活起居，已經兩個多月。

雅芳繼續說：「嫂嫂不在家，還是我來照顧你，明天晚上過來吃飯，旭輝不曉得從那裡弄來兩片烏魚子，說是上等貨，再為你開一罐你喜歡的車輪牌螺肉罐頭。」

「需要我帶什麼嗎？」

「不用。」

哲清繫好鞋帶，往環保公園走去，想起四十多年前，父親買下這間五十坪附有停車位的大樓電梯公寓，還是很有眼光的，那時他剛進國中，常攜帶昂貴的尼康望遠鏡，公園成為他的鳥禽觀察站。

幾棵高大落羽松由蓊綠轉為枯紅，父母俱已不在，歲月便如此消逝了。

5

哲清依約準時到達畫廊，門口櫃檯多了一位年輕貌美的接待人員，馬沙歐妻子淑美親自迎上前來。

「先到會客室喝杯茶吧。」

接待小姐端來兩杯杯盤精緻的茶包茶，空氣中尚且殘留油漆氣味，混雜著一股精油清香。

「半年前，整個畫廊我作了翻修。」

淑美微微仰起下巴，嘴角掛著自信的微笑。

「可花了不少錢，光是地板，全部採用德國進口的原木。」

這號稱百坪，臨街大廈七樓的畫廊裡，淑美重新作了裝潢，光亮柔美，到處懸掛馬沙歐的畫作，他去花蓮以後，哲清還是第一次來。

「空間布置這方面，妳可是專家呢。」

「好朋友不嫌棄，願意多看幾眼。」

淑美從辦公桌拿出信封袋交給哲清。

「我請專業攝影師將畫作依時間順序拍成碟片，回家後你可以慢慢看。」

「畫展預定什麼時候？」

「喔，請你提早來，就是要商量畫展的事情，請你在藝術雜誌寫篇畫評，諸事底定，才能確定畫展時間，邀請帖以車站作為畫展主題。」

哲清並不覺得意外，來時路上，他已經作了這樣的猜測。中午餐會，賓客當中甚至已安排好特定的買主。

「三天前馬沙歐從高雄打電話，說將繼續到處寫生。」

「妳說馬沙歐人在高雄？」

「他是這樣講的。」

哲清內心的騷動與震驚，像站立岩岸被浪潮突襲。馬沙歐從來不說謊，既說在高雄，那就是在高雄。他面臨的困惑卻是：「花蓮的優婆塞和高雄寫生的馬沙歐，那個才是真實的！」

他怔怔望著淑美，看得她有些不好意思，把眼睛轉向別處。他還是隱忍不發，又再按下那截然不同的訊息。

「我帶你四處看看，隨後一齊下樓，往右邊走幾步的邊角就是餐廳。」

他和淑美偕行，她持續解說：「隨著繪畫質地的差異，懸掛繪作的牆壁，該用暖色或冷冽的淡藍，我都作了區隔……」

他內心的澎湃並沒有平息，每遇到可以觸發文字評論的，便兀自拍攝作標記。

手機已設定，每拍一張，照常發出類如單眼相機咔嚓的響聲。

中午餐會一如哲清所預料：賓客對藝術品的收藏，只在乎它的增值空間；明吉繼續說著當年南非做魚翅生意，如何智鬥上海幫；塔洛暢談法國酒莊紅酒，以及新近從維也納進口一套釀酒設備，如何在水里購屋釀酒自娛；淑美舉態優雅地笑談從馬沙歐父親那裡聽來的，日治時代畫家種種軼聞趣事。

告別餐會，獨自在這盛植楓香的寬敞步道緩行，「馬沙歐人究竟在那裡？」和「郵局匯票怎麼解決？」兩道命題輪流在心裡面徘徊。

他突感悵然：

妻子到日本陪伴宏志寫畢業論文這段期間，每天醒來，製作早午餐，午後小寐，喝茶，黃昏慢跑，依相同程式完成一日的作業。

直到收到馬沙歐的掛號信才有一點小波瀾，當然，如果那也算波瀾的話。

難道這就是退休後的運定下場？可是和自己同時申請退休的妻子顯然並不如此，她充滿活力和熱情，彷彿她的人生才要開始……

回到家，已是午後兩點。

「今天確實有得忙，應該向雜誌社交稿了。」

打開電腦，郵件欄有新的註記，是素桂從日本來的電郵。

「哲清：

宏志已經通過碩士論文審查，提供獎學金的藥廠也空出工作職位等候他回應。這中間有二十多天的空檔，想先回台灣和你商量，宏志認識一位淺笑之際有明顯酒窩的日本姑娘，將一同偕行。到時請雅芳一齊來拜祖先，家又將熱鬧起來了。五天後十月三十日下午兩點，開車到桃園機場來接我們。

素桂。」

哲清一陣陣歡喜，累積胸臆的鬱結乍然霧消雲散，眼睛恢復燦亮。

「怎麼來，就怎麼去，匯票寄回蕃薯寮，附個短信，亂麻不就迎刃而解了嗎？」在給藝術雜誌的專欄，他有了清晰明快的開頭，而後文思汩汩流溢：

「繪畫質地並非顏料或畫布或筆墨專屬，每個境景應調理出最恰當的氣氛，與幽深的心象相聯繫……」

後記

騎機車四處行走，起初只在平坦路面上行駛，累積經驗，漸漸擴及馳騁山林的環遊。有一回清明剛過不久，午後我到達新竹宇老鞍部，停車歇息時，看到路徑標示：走李棟山這條山路到達三光十公里，看手錶四點未到，於是我選擇這條經過詢問，部分地區尚且沿著稜線的山路。後來路面逐漸坎坎，美麗山影不見，天空飄起霧雨，像走進不知盡頭的無限空間，打著車燈，整個路程幾乎都是牽著走，在闇黑的叢林間滿布憂懼。抵達三光國小，我費去三個小時；如果下走經玉峰泰崗這條柏油路，二十公里，不到一個小時便能到達同樣的地點。這本書的出版緜延的時日很長，徘徊於複雜思緒當中，我走了漫長的路段，這一徘徊，歲月時光就過去了。

童年時對我的護愛，我有三個母親：一個是經常不期然從北投搭火車前來的祖母；一個是同樣住士林的舅婆，從小慣叫她「阿嬷」；一個是生身的母親。她們個性不同，卻是相同的典型，她們活過自己的世代，一生活動範圍很少超過淡水線火車沿線，現在連淡水線火車軌道都已拆除殆盡。希望能夠以寂靜心懷，深刻體悟這「典型」，示現在文字裡面。

歲月雖驚，田園靜好。要感謝的人很多，謹銘記在心，不一一表誌。

INK PUBLISHING

文學叢書 498

群蟻飛舞

作　　者　沙　究
總 編 輯　初安民
責任編輯　宋敏菁
美術編輯　陳淑美
校　　對　吳美滿　沙　究　宋敏菁

發 行 人　張書銘
出　　版　INK 印刻文學生活雜誌出版有限公司
新北市中和區建一路249號8樓
電話：02-22281626
傳真：02-22281598
e-mail:ink.book@msa.hinet.net
網　　址　舒讀網 http://www.sudu.cc

法律顧問　巨鼎博達法律事務所
施竣中律師
總 代 理　成陽出版股份有限公司
電話：03-3589000（代表號）
傳真：03-3556521
郵政劃撥　19000691　成陽出版股份有限公司
印　　刷　海王印刷事業股份有限公司

港澳總經銷　泛華發行代理有限公司
地　　址　香港新界將軍澳工業邨駿昌街7號2樓
電　　話　852-2798-2220
傳　　真　852-2796-5471
網　　址　www.gccd.com.hk

出版日期　2016年07月　初版
ISBN　978-986-387-110-1

定　　價　260元

國家圖書館出版品預行編目(CIP)資料

群蟻飛舞／沙究 著.
--初版.-- 新北市中和區：INK印刻文學,
2016. 07 ；14.8×21公分.--（文學叢書；498）
ISBN 978-986-387-110-1（平裝）

857.63　　105010998